로버트 루이스 스티븐슨

지킬 박사와
하이드 씨

DR. JEKYLL AND MR. HYDE illustrated by Mauro Cascioli
ⓒ 2005 Albur producciones editoriales
Korean Translation Copyright ⓒ 2009 by MUNHAKDONGNE Publishing Co., Ltd.
All rights reserved.

The Korean language edition is published by arrangement with
Albur producciones editoriales through MOMO Agency, Seoul.

이 책에서 사용한 Mauro Cascioli 일러스트의 한국어판 저작권은 모모 에이전시를 통해
Albur producciones editoriales사와 독점 계약한 (주)문학동네에 있습니다.
저작권법에 의해 한국 내에서 보호를 받는 저작물이므로
무단 전재 및 무단 복제를 금합니다.

이 도서의 국립중앙도서관 출판시도서목록(CIP)은
e-CIP 홈페이지(http://www.nl.go.kr/cip.php)에서 이용하실 수 있습니다.
(CIP제어번호: CIP2009000567)

ROBERT LOUIS STEVENSON

로버트 루이스 스티븐슨

지킬 박사와 하이드씨

the strange case of

DR. JEKYLL & MR. HYDE

로버트 루이스 스티븐슨 소설 | 마우로 카시올리 그림 | 강미경 옮김

문학동네

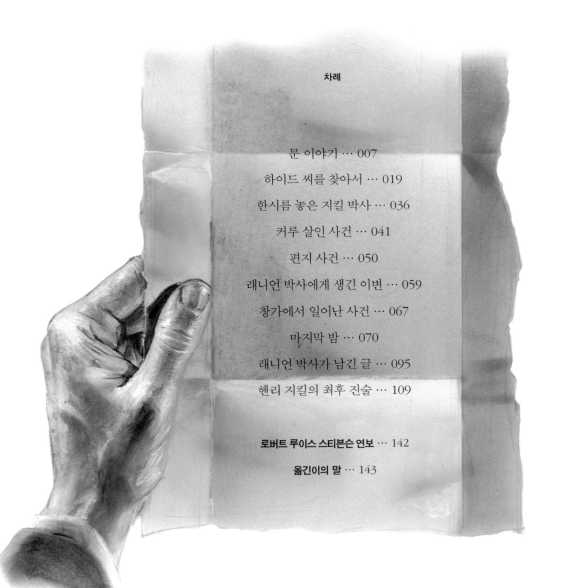

차례

문 이야기

　어터슨 변호사는 좀처럼 웃는 법이라곤 없이 표정이 늘 무뚝뚝한 사람이었다. 대화를 나눌 때도 부담스러운 듯 말을 아꼈고 감정을 잘 드러내지 않았다. 키만 컸지 비쩍 마른 체구에 지루하고 따분하기가 이루 말할 수 없었지만, 그래도 이상하게 사람을 끄는 구석이 있었다. 친한 이들과 모이는 자리에서 포도주가 입맛에 맞기라도 하면 지극히 인간적인 무언가가 그의 눈에서 빛났다. 그의 이런 면모는 말보다 식사 후의 묵묵한 표정과 일상 속 행동을 통해 더 자주, 더 확연하게 드러났다. 그는 스스로에게 엄격했다. 혼자 있을 때면 진을 홀짝이며 포도주를 마시고 싶은 마음을 달랬다. 연극을 좋아했지만 20년 동안 극장 문턱을 넘은 적이 단 한 번도 없었다. 하지만 다른 사람들에게는 너그럽기로 정평이 나 있었다. 왕성한 혈기를 이기지 못하고 악행을 저지르는 사람들을 보면 때로 부럽기라도 한 듯 경탄을 감추지 못했고, 그런 사람들이 곤경에 처하면 비난하기보다는 도와주려 했다.

"나는 카인의 이단에 끌린다네. 내 형제가 악마에게 가겠다면 나는 굳이 말리지 않겠네."

그는 이처럼 기이한 말을 입버릇처럼 내뱉곤 했다. 이런 성격 덕분에 그는 인생의 막다른 곳까지 내몰린 자들이 마지막으로 존경할 만한 인물로 남아 최후의 순간까지 훌륭한 영향을 줄 때가 많았다. 이런 사람들이 사무실로 찾아와도 그의 태도에는 조금도 변함이 없었다.

어터슨에게는 이런 일이 특별히 어려울 것도 없었다. 그는 워낙 감정을 잘 드러내지 않는 성격이었고, 친구 관계 또한 포용력이라는 훌륭한 품성에 기초하고 있는 듯했기 때문이다. 기회가 닿아 이렇게 또는 저렇게 알게 된 사람들을 친구로 받아들이는 것이 겸손하고 사려 깊은 사람의 특징이다. 이 변호사도 그랬다. 그의 친구들은 일가붙이 아니면 오래전부터 알고 지낸 사람들이었다. 그의 애정은 담쟁이덩굴처럼 세월의 흐름과 더불어 무성하게 자라났을 뿐 특별히 대상을 가리거나 하지 않았다. 그의 먼 친척으로 런던에서 알아주는 멋쟁이인 리처드 엔필드와의 관계 역시 그런 틀에서 크게 벗어나지 않았다. 이 두 사람이 과연 서로의 어떤 모습에 끌리는지,

또는 두 사람이 만나면 대체 무슨 대화를 나누는지를 놓고 많은 사람들이 궁금증을 가졌다. 이 둘이 일요일에 산책하는 모습을 목격한 사람들 말로는 둘 다 입을 굳게 다문 채 대단히 지루한 표정으로 걷다가, 아는 사람이라도 한 명 만나면 눈에 띄게 안도하는 기색을 보이며 필요 이상으로 반갑게 인사를 건네더라는 것이다. 그럼에도 두 사람은 이 산책을 무엇보다도 중요하게 여겨 한 주의 가장 소중한 일과로 정해놓았다. 다른 모임과 겹치면 당연히 모임이 뒷전이었을 뿐만 아니라 사업상의 급한 용무까지 미뤄가면서 그야말로 아무런 방해도 받지 않고 산책을 즐길 정도였다.

이 둘이 런던의 한 번화가 뒷골목에 우연히 발을 들여놓게 된 것도 이런 산책길에서였다. 거리는 비좁고 한산한 편이었지만 평일에는 물건을 사고파는 사람들로 북적이는 곳이었다. 상인들은 모두 형편이 좋아 보였지만 장사가 더 잘되기를 바라는 마음에 여윳돈이 생기는 대로 서로 앞다투어 가게 치장에 쏟아부었다. 그래서인지 가게들이 모두 한길을 마주 보고 양 옆으로 나란히 늘어선 채 얼굴 가득 미소를 머금고 줄지어 선 점원 아가씨들처럼 어서 들어오라고 손짓하고 있는 듯했다. 일요일이라 평소의 화려한 외양을 대부분 가린 데다 인적도 비교적 드문 편이었지만, 칙칙한 이웃 동네에 비하면 숲 속에서 타오르는 불꽃처럼 거리가 환했다. 새로 칠을 한 덧문, 반들반들 윤이 나는 놋쇠 장식 등 전반적으로 깨끗하고 밝은 분위기가 지나가는 사람의 시선을 단박에 사로잡으며 즐거움을 선사했다.

동쪽 방향 왼편 모퉁이에서 두번째 집에 이르러 길이 끊어지면서 막다른 골목이 나왔다. 그리고 바로 그 지점에 불길한 기운을 풍기는 건물 한 채가 거리 쪽으로 박공 지붕을 불쑥 내민 채 서 있었다. 2층짜리 건물이었는데 창문 하나 없이 1층에 문 하나만 달랑 있을 뿐이었고, 그나마 2층은 빛바랜 벽밖에 없었다. 어느 모로 보나 오랫동안 지저분하게 방치해둔 흔적이 역력했다. 초인종도, 두드리는 고리쇠도 없는 문은 여기저기 칠이 들뜨고 벗어져 형편없었다. 부랑자들이 벽감 안에 쭈그리고 앉아 문짝에 대고 성냥을 그어댔고, 계단은 아이들의 소꿉놀이터가 된 지 오래였다. 외벽 모서리에는 개구쟁이 남학생들이 칼날을 시험해본 자국도 있었다. 하지만 30년 가까이 이런 몰염치한 방문객들을 쫓아내거나 그들이 입힌 피해를 수리하는 사람은 아무도 없는 듯했다.

　　엔필드와 변호사는 뒷골목 맞은편에 있었다. 그런데 두 사람이 나란히 입구에 들어선 순간 엔필드가 지팡이를 치켜들고 문을 가리키며 물었다.

　　"저 문을 주의해서 보신 적이 있습니까?" 동행이 그렇다고 대답하자 그는 이렇게 덧붙였다. "저 문을 보니 아주 기이한 사연이 생각나는군요."

　　"그래? 무슨 사연인데?" 어터슨의 목소리가 약간 달라졌다.

　　"이야기는 이렇습니다." 엔필드가 대답했다. "아주 먼 곳에서 집으로 돌아오는 길이었지요. 새벽 세시경이었을 겁니다. 캄캄한 겨울밤이었지요. 거리에는 가로등 빼고는 그야말로 아무것도 보이지 않았습니다. 모두가 잠든 가운데 거리는 쥐 죽은 듯이 고요했지요. 거리마다 무슨 행렬이라도 맞이하듯 불이 환하게 켜진 채 교회당처럼 텅 비어 있더군요. 그런 거리를 지나고 또 지나려니 어느 순간 무슨 소리라도 들리지 않나 싶어 열심히 귀 기울이며 경찰관이라도 한 명 나타나주길 바라는 사람 심정이 되더군요.

그런데 갑자기 두 사람이 눈에 들어왔습니다. 그중 한 명은 키가 작달막한 사내로 동쪽으로 급하게 걸어가고 있었고, 또 한 명은 여덟 살이나 열 살쯤 되어 보이는 여자아이였는데 내처 골목길을 내달려오고 있었습니다. 그런데 말입니다. 그 둘은 모퉁이에서 딱 맞부딪치고 말았답니다. 사실 그럴 수밖에 없었지요. 그러고 나서 끔찍한 일이 벌어졌지 뭡니까. 사내가 다짜고짜 아이의 몸뚱이를 사정없이 짓밟고는 땅바닥에서 울부짖는 아이를 내버려두고 가버리는 게 아니겠습니까.

들기에는 아무 일도 아닌 것 같겠지만 보는 사람 입장에서는 정말 끔찍한 광경이었습니다. 인간 같지가 않더라니까요. 발 아래 있는 건 모조리 깔아뭉개는 괴물 같았지요. 그 길로 저는 '어이!' 하고 소리쳐 부르며 뒤쫓아가 그 사내 목덜미를 붙잡고 현장으로 끌고 왔습니다. 울부짖는 아이를 둘러싸고 어느새 꽤 많은 사람들이 모였더군요. 사내는 그보다 더할 수 없을 정도로 태연스런 표정에 아무런 저항도 하지 않았지만, 저를 흘끗 쳐다보는데 그 모습이 어찌나 추악하고 비열한지 마치 달리기를 할 때처럼 온몸에서 땀이 쫙 나지 뭡니까. 모여든 사람들은 그 아이의 가족이었습니다. 곧

이어 의사가 나타났는데, 알고 보니 아이는 그 의사를 부르러 심부름을 가는 길에 봉변을 당한 것이었습니다. 의사가 말하길 아이가 무척 놀라긴 했지만 상태가 그리 심한 편은 아니라고 하더군요. 이것으로 이야기가 끝났겠지 하고 생각하실 테지만 기묘한 일이 하나 더 있었습니다.

그 사내를 처음 본 순간 전 너무 혐오스럽다는 생각이 들었습니다. 그 아이 가족들도 당연히 그랬고요. 그런데 의사의 태도가 저를 깜짝 놀라게 했습니다. 의사들이 대개 그렇듯이 그 의사 역시 나이나 성격을 짐작할 수 없을 정도로 무표정했습니다. 에든버러 사투리를 심하게 쓴다는 점 외에는 아무 특색이 없었지요. 그런데 말입니다. 그 의사도 우리와 똑같은 생각을 하고 있었지 뭡니까. 사내를 쳐다볼 때마다 얼굴이 하얘지는데, 의사의 눈에서 그자를 죽이고 싶어 안달하는 마음을 읽을 수 있었습니다. 제 심정이나 의사의 심정이나 다를 바 없었던 거지요.

하지만 그자를 죽인다는 건 불가능한 일이었기에 우리는 차선책을 택했습니다. 그자에게 이 사건을 전 런던에 알려 오명을 씌우겠다고, 친구든 신용이든 모조리 잃게 만들겠다고 큰소리쳤지요. 다들 낯을 붉힌 채 으름장을 놓는 와중에도 우린 부녀자들을 그자에게서 멀찍이 떼어놓느라 진땀을 흘렸습니다. 부녀자들 모두 잔뜩 흥분해서 사나워질 대로 사나워져 있었거든요. 저는 그처럼 증오에 찬 얼굴들은 일찍이 본 적이 없습니다. 그 한복판에 그자가 있었습니다. 사람들을 비웃듯 뻔뻔하고도 태연자약한 태도로 말이지요. 물론 한편으로는 겁에 질려 있는 것 같기도 했습니다만 그럼에도 그자는 정말 악마 같았습니다.

'이 일로 한몫 잡겠다면 어쩔 수 없는 노릇이지. 신사 체면에 공연히 분란을 만들고 싶지 않으니 액수를 말해보시오.' 그자가 이렇게 말하더군요. 그래서 우리는 그 아이 가족에게 1백 파운드를 배상하라고 요구했습니다. 물론 그자는 끝까지 버틸 기세였지만 우리가 내뿜는 악의도 만만치 않았기 때문에 결국 받아들이더군요.

다음으로 돈을 받아내는 일이 문제였는데, 그자가 우릴 어디로 끌고 간 줄 아십니까? 바로 저 문이 있는 건물이었습니다. 그자는 갑자기 열쇠를 꺼내 들고 안으로 들어가더니 곧이어 10파운드가량 되는 금화와 쿠츠 은행에서 발행한 수표를 가지고 나오더군요. 소지한 사람에게 돈을 지불하게 되어 있는 수표였는데, 서명한 사람의 이름이 제 이야기의 핵심이긴 하지만 차마 입에 올릴 수가 없습니다. 어쨌든 알 만한 사람은 다 아는 이름이었고 신문지상에도 자주 등장하는 이름이었습니다. 금액도 엄청났지만 서명이 진짜라면 그 이상의 가치를 발휘하고도 남지 싶었습니다.

저는 그자에게 대뜸 따졌습니다. 모든 상황이 의심스럽다고, 새벽 네시에 지하실로 기어들어가 거의 1백 파운드나 되는 다른 사람 명의의 수표를 가지고 나온다는 게 현실적으로 도대체 말이 되느냐고 말입니다. 하지만 그자는 아주 느긋한 태도로 코웃음을 치며 이렇게 말하더군요.

'마음 놓으시오. 은행이 문을 열 때까지 댁들과 함께 있다가 내가 직접 현금으로 바꿔줄 테니까.'

그래서 의사, 아이 아버지, 그리고 그자와 저는 저희 집으로 가서 밤을 지새우고는 날이 밝자 아침을 먹고 우르르 은행으로 몰려갔습니다. 저는 제 손으로 직접 수표를 내밀고 아무래도 위조가 틀림없는 것 같다고 말했습니다. 그런데 말입니다. 수표는 진짜였습니다."

"쯧쯧." 어터슨이 혀를 찼다.

"변호사님도 저와 같은 생각이시군요." 엔필드가 말했다. "맞습니다. 고약한 이야기지요. 그 인간은 아무도 상종 못할 정말 가증스런 자인데도 수표에 서명한 사람은 교양인의 대명사인 데다 유명하기까지 하니까요. 게다가 (설상가상으로) 이른바 선행을 베푼다고 소문난 변호사님 친구분 중 한 명이기도 하지요. 아무래도 협박으로 갈취한 돈인 듯했습니다. 정직하신 분이 젊은 시절 한때 방탕하게 행동했다가 그 값을 톡톡히 치르는 게 분명했습니다. 그래서 저는 저 문이 있는 건물에 '협박의 집'이라는 이름을 붙였습니다. 하지만 그렇다고는 해도 설명이 안 되는 부분이 많습니다." 그는 이렇게 덧붙이더니 입을 다물고 생각에 잠겼다.

잠시 후 그는 어터슨이 느닷없이 던지는 질문에 깨어났다. "수표에 서명한 사람이 저기 산다는 생각은 안 드나?"

"그럴 것 같지 않습니까?" 엔필드가 반문했다. "하지만 우연히 그 사람

주소를 알게 되었는데 아무튼 다른 곳에 살고 있었습니다."

"그럼 자넨 저 건물에 대해선 물어보지 않았겠군."

"네. 아무래도 좀 조심스러워서요. 질문을 던지는 것에 대해 전 이렇게 생각합니다. 꼬치꼬치 캐묻다보면 마치 무슨 최후의 심판날처럼 되기가 쉽지요. 질문을 던진다는 것은 돌을 던지는 것이나 다를 바 없습니다. 나야 가만히 산꼭대기에 앉아 돌을 하나 굴렸을 뿐이지만 그 여파로 다른 돌들도 굴러가게 되고, 곧이어 (이쪽에서는 생각지도 못했던) 아무 죄도 없는 노인이 자기 집 뒤뜰에서 그 돌에 머리를 맞아 세상을 뜨게 되는 상황이 빚어지는 것이지요. 좀더 정확하게 말하면 제 원칙은 이렇습니다, 미심쩍어 보이는 일일수록 덮어두자."

"매우 훌륭한 원칙이로군." 변호사가 말했다.

"하지만 제 나름대로 저곳을 조사해보았습니다." 엔필드는 계속 말을 이었다. "한마디로 집 같지가 않더군요. 저 문 외에 다른 문은 없고, 그자만이 어쩌다 가끔 드나들 뿐 저 문으로 드나드는 사람 또한 아무도 없었습니다. 위층에 골목과 마주 보는 창이 세 개 나 있고 아래층에는 창문이 아예 없습니다. 창문은 늘 닫혀 있지만 모두 깨끗합니다. 그리고 굴뚝이 하나 있는데 대개 연기가 나는 걸로 보아 사람이 살고 있는 게 분명합니다. 하지만 장담할 수는 없습니다. 건물들이 너무 다닥다닥 붙어 있어 건물 사이의 경계를 분간하기가 힘들어서 말입니다."

두 사람은 침묵 속에서 또 얼마 동안 걸었다. 잠시 후 어터슨이 입을 열었다.

"엔필드, 자네의 그 원칙 말인데, 참으로 훌륭하이."

"네, 저도 그렇게 생각합니다." 엔필드가 대답했다.

"그렇지만 말일세, 한 가지 묻고 싶은 게 있네. 아이를 밟아 뭉갰다는 그 남자 이름이 뭔가?"

"뭐 그 정도는 말씀드릴 수 있습니다. 하이드라는 자였습니다."

"흠, 생김새가 어떻던가?"

"딱 잘라 설명하기가 곤란하군요. 뭐랄까, 정상적인 외모가 아니었습니다. 불쾌하고 매우 혐오스럽다고 할까요. 그렇게 끔찍이 싫은 느낌이 드는 사람은 본 적이 없지만 왜 그런지는 잘 모르겠습니다. 어딘가 기형인 게 틀림없었습니다. 기형인 느낌이 강했지만 어디가 기형인지는 딱 꼬집어 말할 수가 없습니다. 아무튼 매우 특이하게 생긴 사내였는데 어디가 어떻게 특이한지는 도저히 설명할 수가 없네요. 정말이지 제 능력으로는 뭐라고 설명 못 하겠습니다. 기억력이 나빠서 그런 건 절대 아닙니다. 지금 이 순간에도 그자의 모습이 생생하게 떠오르니까요."

어터슨은 다시 말없이 얼마간 걸었다. 깊은 생각에 잠긴 모습이었다.

"분명히 열쇠를 사용했단 말이지?" 마침내 그가 침묵을 깼다.

"변호사님……" 엔필드가 화들짝 놀라며 말꼬리를 흐렸다.

"그래, 그럴 거야. 이상하게 들릴 만도 하지. 실은 말일세, 내가 다른 한 명의 이름을 묻지 않은 건 이미 알고 있기 때문일세. 리처드, 자넨 방금 매우 중요한 이야기를 했네. 혹여 부정확한 점이 있었다면 시정해주게나."

엔필드가 약간 토라진 목소리로 말했다.

"미리 귀띔이라도 해주시지 그러셨어요. 하지만 저는 더하지도 빼지도 않고 글자 그대로 정확하게 말씀드렸습니다. 그자는 분명히 열쇠를 가지고 있었고, 지금도 가지고 있습니다. 그자가 열쇠를 사용하는 걸 본 지가 일주일도 채 안 됐으니까요."

어터슨은 깊이 한숨을 내쉬었지만 한 마디도 하지 않았다. 곧이어 엔필드가 다시 입을 열었다.

"이번에도 입을 함부로 놀리지 말라는 교훈을 얻은 셈이군요. 제 가벼운 혀가 부끄러울 따름입니다. 이 이야기는 두 번 다시 꺼내지 않기로 약조하지요."

"진심으로 동감하네. 그렇게 하게나, 리처드." 변호사가 말했다.

하이드 씨를 찾아서

　그날 저녁 어터슨은 착잡한 기분을 안고 혼자 사는 집으로 돌아와 식탁에 앉았지만 입맛이 없었다. 일요일마다 그는 저녁을 먹고 나면 벽난로 옆에 앉아 독서대에 놓인 딱딱한 신학 서적을 읽다가 이웃 교회에서 자정을 알리는 종소리가 들려오면 진지하고 기꺼운 마음으로 잠자리에 들곤 했다.

　하지만 이날 밤만큼은 식탁이 치워지자마자 촛불을 들고 서재로 갔다. 그는 금고를 열고 가장 깊숙한 곳에서 봉투에 '지킬 박사의 유언장'이라고 적힌 서류를 꺼내 자리에 앉고는 이맛살을 찌푸리며 그 내용을 자세히 살폈다. 유언장은 자필로 작성되어 있었다. 지금은 자신이 맡아 보관하고 있지만, 유언장을 작성할 당시만 해도 어터슨은 털끝만큼의 협조도 거부했었다.

유언장에는 의학 박사이자 민법학 박사, 법학 박사, 왕립학회 회원 등인 헨리 지킬이 사망할 경우 그의 전 재산을 '친구이자 은인인 에드워드 하이드'에게 양도하는 한편, 지킬 박사가 '3개월 넘게 실종 또는 아무 이유 없이 부재 상태'로 있을 경우에도 상기한 에드워드 하이드가 지체 없이 헨리 지킬의 지위를 승계하며, 박사의 식솔들에게 약간의 돈을 지불하는 것 외에는 어떤 부담이나 의무도 지지 않는다는 조항이 명시되어 있었다.

이 유언장은 오랫동안 눈엣가시처럼 변호사를 불편하게 했다. 변호사로서, 또 건전하고 상식에 의거한 삶을 존중하는 사람으로서 기행은 옳지 못하다고 여기는 그에게 이 유언장은 아무래도 거슬렸다. 지금까지 자신이 하이드라는 인물을 모른다는 점 또한 그의 심기를 건드렸다. 그런데 이제 갑자기 그의 실체를 알게 된 것이다. 어떤 이름에 대해 이름이라는 것 외에는 더이상 아무것도 알 수 없었을 때에도 이미 충분히 불쾌했다. 그런데 그 이름이 여러 가지 혐오스런 성격을 띠기 시작하면서 불쾌감은 더욱 커졌다. 그렇게 오랫동안 그의 눈을 덮고 있던 희뿌연 안개가 별안간 걷히면서 악마가 모습을 드러내고 있었다.

어터슨은 기분 나쁜 서류를 다시 금고에 넣으며 중얼거렸다.

"미친 짓이라고 생각했는데 이젠 오명을 쓰게 될까봐 염려되는군."

곧이어 그는 촛불을 불어 끈 후 외투를 걸치고 병원이 밀집해 있는 캐번디시 광장 쪽으로 길을 잡았다. 그의 친구 래니언 박사가 병원을 열고 밀려

드는 환자를 받고 있는 곳이었다. 래니언이라면 알지도 모른다고 그는 생각했다.

근엄한 표정의 집사가 변호사를 알아보고는 반갑게 맞이했다. 그는 기다리지도 않고 곧장 현관에서 식당으로 안내되었다. 식당에는 래니언 박사가 혼자 포도주를 홀짝이며 앉아 있었다. 래니언 박사는 정 많고 건강해 보이는 인상에 체구는 자그마했고 혈색이 좋았다. 나이에 비해 일찍 세기 시작한 머리칼은 어느새 완전히 백발이 되었다. 그는 늘 활기가 넘치면서도 과단성이 있었다.

어터슨을 보자 래니언은 의자에서 벌떡 일어나 두 팔 벌려 환영했다. 보는 사람에 따라서는 그의 천성인 이런 다정다감한 태도를 다소 거북하게 생각할 수도 있겠지만 거기엔 진실한 감정이 담겨 있었다. 이 두 사람은 오랜 지기로 코흘리개 시절부터 대학까지 줄곧 같이 다녔고, 서로를 깊이 존중했다. 그리고 함께 있는 시간을 진심으로 기꺼워했다.

잠시 이런저런 이야기를 나눈 후, 변호사가 자신의 마음을 무겁게 짓누르고 있던 문제를 입에 올렸다.

"이보게 래니언, 자네와 나 정도면 헨리 지킬의 가장 오랜 친구라고 할 수 있겠지?"

"글쎄, 난 '그의 젊은 친구'라고 하는 편이 좋겠는데."* 래니언 박사가 킬킬거리며 말했다. "하지만 그런 셈이지. 그런데 무슨 일로 그러나? 요즘 그 친구를 통 보지 못했네만."

"그래? 난 자네 둘이 관심사도 같고 하니 자주 만나는 줄 알았는데."

"예전엔 그랬지. 하지만 헨리 지킬이 내가 감당할 수 없을 정도로 괴상하게 변한 지가 벌써 10년이 넘었네. 그 친군 잘못되기 시작했지. 정신이 말일세. 물론 그렇긴 해도 사람들이 말하는 옛정을 생각해서 그 친구한테 계속 관심을 두고는 있지만 만난 적은 거의 없네."

그리고 나서 박사는 갑자기 얼굴을 붉히며 덧붙였다. "과학적으로 말도

---

* 영어에서 동음이의어 혹은 동음다의어를 사용한 말장난(pun)의 일종. 어터슨이 '가장 오랜 친구'라는 뜻으로 'oldest'라는 표현을 쓰자 래니언은 이를 '가장 늙은'으로 장난스럽게 해석해 '상대적으로 젊은'이라는 뜻의 'younger'로 받아쳤다. 대화의 주인공들이 50대가 넘은 중년이라는 점을 고려할 때 늙어가는 것을 싫어하는 심리가 반영된 것으로 볼 수 있다.

안 되는 그런 헛소리 앞에선 아무리 다몬과 피티아스*라고 해도 사이가 벌어지고 말 걸세."

친구의 다소 노기 띤 태도에 어터슨은 오히려 어느 정도 마음이 놓였다. '과학 연구를 놓고 서로 의견 차이가 있었던 것뿐이군.' 그는 속으로 이렇게 생각했다. (양도 증서를 작성할 때 빼고는) 과학에는 눈곱만큼도 관심이 없는 사람으로서 그는 또 이렇게 살을 붙여 생각했다. '그래, 별일 아니었어!' 그는 친구가 평정을 되찾을 때까지 잠시 기다렸다가 마음속에 담아두었던 질문을 던졌다.

"그 친구가 후견하고 있는 하이드라는 사람을 만나본 적 있나?"

"하이드?" 래니언이 되물었다. "아니. 그런 이름은 금시초문인걸."

변호사가 얻어들은 정보는 이게 다였다. 그는 집으로 돌아와 큼지막하고 우중충한 침대에 누워 날이 훤히 밝아올 때까지 이리저리 뒤척였다. 밤새 꼬리에 꼬리를 무는 의문에 시달리느라 마음이 뒤숭숭했다.

집 가까이에서 그때그때 편리하게 시간을 알려주는 교회 종이 여섯시를 치는데도 그는 여전히 그 문제를 붙잡고 씨름했다. 여태까지 그는 지성의 차원에서만 생각을 전개했지만 이제는 상상력도 개입했다. 아니, 좀더 정확히 말하면 그는 상상력의 노예가 되고 말았다. 한밤중의 칠흑 같은 어둠

---

* 고대 그리스인들로 죽음도 불사하는 의리와 우정의 대명사인 두 친구.

속에서 커튼이 처진 방에 누워 뒤척이고 있자니 엔필드가 들려준 이야기 속 장면들이 눈앞에서 주마등처럼 스쳐 지나갔다.

어둠에 휩싸인 가운데 가로등을 환하게 켠 도시의 야경이 떠오른다 싶더니 급하게 걸어가는 사내와 의사의 집에서 달려나오는 아이, 그리고 그 둘이 맞닥뜨리는 장면. 아이를 밟아 뭉개고 아이가 비명을 지르거나 말거나 내버려두고 가던 길을 가는 사내의 모습이 보였다.

어느 부잣집의 방도 보였다. 방에는 그의 친구가 누워 잠든 채 꿈을 꾸며 미소를 짓고 있다. 잠시 후 방문이 열리고 침대 커튼이 젖혀지면서 친구가 잠에서 깬다. 그런데 아뿔싸! 옆에는 친구의 권력을 모두 넘겨받은 인물이 서 있다. 친구는 한밤중에도 일어나 그자의 명령에 따라야 한다.

그렇게 그자는 두 장면에 나타나 밤새 변호사를 괴롭혔다. 그리고 어쩌다 깜빡 선잠이 들기라도 할라치면 그자가 잠든 집들 사이를 더욱더 은밀하게 누비고 다니는 모습이 눈에 어른거렸다. 그자는 갈수록 빨리, 현기증이 날 정도로 점점 더 빨리 가로등이 켜진 도시의 드넓은 미로를 헤집고 다니며 길모퉁이를 돌 때마다 아이를 짓밟고는 비명을 질러대는 아이를 내버려둔 채 자리를 떴다. 그런데도 그자의 얼굴은 여전히 알아볼 수 없었다. 꿈속에서조차 얼굴이 없거나, 보일 듯 말 듯 하며 어터슨을 애태우다 눈앞에서 스르르 녹아버렸다. 그럴수록 변호사의 마음속에서는 진짜 하이드의 얼굴을 보고 싶다는 호기심이 비정상에 가까울 만큼 강하게 일면서 급속하게 자라났다. 아무리 불가사의한 일도 잘 살펴보면 이해가 되듯이 한 번만이라도 그자를 볼 수 있다면 이 수수께끼도 밝혀지리라고, 어쩌면 모든 의혹이 깨끗이 해소될지도 모른다고 그는 생각했다. 일단 그자를 보면 친구의 별난 취향 또는 속박(어느 쪽이 됐든 상관없지만)의 이유, 나아가 유언장의 그 기이한 조항에 대한 이유까지도 알 수 있을 것 같았다. 어쨌든 적어도 한 번은 봐두어야 할 얼굴인 듯했다. 인정머리라고는 털끝만큼도 없는 인간의 얼굴, 그저 보는 것만으로도 무심한 엔필드의 마음에조차 사라지지 않는 증오를 심어준 얼굴이었으므로.

이때부터 어터슨은 상점가 뒷골목의 그 문 주변을 맴돌기 시작했다. 출근하기 전 아침 시간에도, 한창 일이 많아 바쁜 한낮에도, 안개에 휩싸인 도시에 달빛이 내리비치는 한밤중에도, 밤이든 낮이든 혼자서든 사람들 틈에서든 변호사는 그 장소에 어김없이 모습을 드러냈다. 그는 속으로 이렇게 다짐했다.

'그자가 숨는 자라면 나는 찾는 자가 될 테다.'*

그의 인내심은 마침내 보상을 받았다. 습기 하나 없이 청명한 밤이었다. 공기는 얼음장처럼 차가웠고, 거리는 무도회장 바닥처럼 깨끗했다. 바람 한 점 없는 가운데 가로등 불빛이 고르게 빛과 그림자를 드리우고 있었다.

---

* 이름의 Hyde를 '숨다'라는 뜻의 동사 hide로 해석하고 있다.

열시가 되자 가게들이 일제히 문을 닫으면서 골목에 인적이 뜸해졌다. 사방에서 런던의 나지막한 소음이 들려왔지만 골목 안은 매우 조용했다. 작은 소리도 멀리까지 울렸다. 길 양쪽의 가정집에서 나는 소리가 바로 옆에서 듣는 것처럼 선명하게 들렸고, 행인이 다가올 때도 그 모습보다 소리가 훨씬 먼저 들려왔다.

어터슨이 자리를 지키고 있은 지 몇 분 지났을 때였다. 가까운 곳에서 기이하고도 가벼운 발걸음 소리가 들렸다. 밤마다 이렇게 망을 보면서 그는 멀리서 혼자 걸어오는 사람의 발소리가 자아내는 기묘한 효과에 익숙해져 있었다. 행인이 상당히 멀리 떨어져 있어도 발걸음 소리는 도시의 온갖 소음을 뚫고 별안간 크게 울려퍼졌다. 하지만 그의 신경이 지금처럼 날카롭게 곤두섰던 적은 일찍이 없었다. 그는 옳다구나 싶은 성공의 예감에 휩싸여 골목 입구에 몸을 숨겼다.

발소리가 점점 가까워지더니 길모퉁이를 돌면서 갑자기 커졌다. 골목 입구에서 앞쪽을 주시하고 있던 변호사는 자신이 상대해야 할 사내가 어떤 사람인지 곧 볼 수 있었다. 작은 체구에 옷차림이 매우 수수한 사내였다. 그런데 어찌 된 영문인지 멀리서 보는데도 역겨운 느낌이 강하게 들었다. 사내는 시간을 절약하려고 도로를 가로질러 곧장 문으로 향하며 마치 집에다 온 사람처럼 주머니에서 열쇠를 꺼냈다.

어터슨은 골목 입구에서 걸어나와 지나가는 사내의 어깨를 툭 쳤다.

"하이드 씨?"

하이드는 움찔 놀라 숨을 헉 들이마시며 뒤로 물러났다. 하지만 놀란 표정은 잠시뿐, 변호사의 얼굴을 쳐다보지도 않고 태연스레 대답했다.

"그렇소만. 무슨 일로 그러시오?"

"안으로 들어가려는 모양인데, 나는 지킬 박사의 오랜 친구로 곤트 가의 어터슨이라는 사람이올시다. 아마 내 이름을 들어봤을 게요. 마침 이렇게 만났으니 잠깐 들어갔으면 합니다만."

"들어가도 지킬 박사를 만나지 못할 거요. 그 양반은 집에 없소."

하이드가 열쇠의 먼지를 훅 불며 대답했다. 그러고 나서 갑자기, 하지만 고개는 여전히 들지 않은 채 물었다.

"나는 어떻게 안 거요?"

"부탁 하나 해도 되겠소?"

"물론이오. 무슨 부탁이오?"

"얼굴 좀 볼 수 있겠소?"

하이드는 잠시 망설이는 눈치더니 갑자기 무슨 생각이라도 난 듯 사뭇 도전적인 태도로 돌아섰다. 두 사람은 잠시 서로를 뚫어져라 노려보았다.

"이제 다시 만나도 알아보겠소. 참고가 되겠구려." 어터슨이 말했다.

"그건 나도 그렇소이다. 우리가 이렇게 만난 것도 인연 아니겠소. 그건 그렇고 내 주소를 드리리다." 그는 소호 지구의 주소를 건넸다.

'이럴 수가! 이자도 유언장을 생각하고 있단 말인가?'

어터슨은 속으로 경악을 금치 못했지만 그런 내색은 하지 않고 주소를 알려줘서 고맙다고 우물거리기만 했다.

"그런데 나를 어떻게 알아본 거요?" 하이드가 물었다.

"설명을 들었소이다."

"누구한테 말이오?"

"우리 둘 다 아는 친구들이오."

"우리 둘 다 아는 친구들?" 하이드가 약간 쉰 목소리로 되물었다. "그 친구들이 누구요?"

"예를 들어 지킬도 있고."

"그가 말했을 리가 없소." 하이드가 화를 버럭 내며 소리쳤다. "거짓말할 사람으로 보지 않았소만."

"이보시오, 그 말은 듣기가 좀 거북하구려."

하이드는 개가 으르렁거리듯 사납게 웃어대더니 혀를 내두를 만큼 재빠른 동작으로 문을 열고 안으로 사라져버렸다.

하이드가 자리를 뜬 후에도 변호사는 몹시 불안한 표정으로 한동안 우두커니 서 있었다. 그러고 나서 거리 쪽으로 천천히 걸음을 옮겨놓기 시작했지만, 한두 발짝 걷다가 머리가 어지러운 듯 이마에 손을 갖다 댔다. 걸어가면서 그는 생각하고 또 생각했지만 쉽게 해결할 수 있는 성질의 문제가 아니었다. 하이드는 낯빛이 창백하고 난쟁이처럼 키가 유달리 작았다. 어디라고 딱 꼬집어 말할 수는 없었지만 기형이라는 인상을 풍겼고, 웃고 있어도 사람을 불쾌하게 했다. 변호사를 대하는 그의 태도에는 소심함과 대담함이 기이하게 뒤섞여 있었다. 말할 때는 대부분 낮게 웅얼거렸는데 목소리가 쉬고 갈라져 있었다. 이 모두가 거슬렸지만 이 가운데 어느 것도 어터슨이 그를 본 순간 난생처음으로 느꼈던 역겨움과 강한 혐오감과 두려움을 설명하기엔 부족했다.

어터슨은 혼란스런 표정으로 중얼거렸다.

"뭔가 다른 게 있어. 그게 뭔지는 알 수 없지만 분명히 뭔가가 더 있어. 세상에, 도무지 인간처럼 보이지 않았다니까! 원시인 같다고 해야 할까? 아니면 옛날 이야기에 나오는 펠 박사* 같은 부류? 아니면 사악한 영혼이 밖으로 새어나와 육체를 변형시켜 저렇게 된 걸까? 아무래도 그런 것 같다. 아, 불쌍한 내 친구 헨리 지킬, 인간의 얼굴에서 악마의 징표를 보았는데 그것이 바로 자네의 새 친구 얼굴이라니."

골목에서 모퉁이를 돌자 고풍스런 집들이 모여 있는 거리가 나왔다. 한창 때에 비해 지금은 그 위용이 퇴락한 가운데 대부분 층마다 칸칸이 셋방 아니면 사무실로 바뀌어 지도 조판공, 건축가, 삼류 변호사, 정체가 의심스

* 고대 로마 시인 마르티알리스의 풍자시에 나오는 인물로, '까닭 없이 싫은 인물'의 대명사임.

러운 기업 중개인 등 온갖 부류의 사람들이 살고 있었다. 하지만 모퉁이에서 두번째 집은 여전히 독채로 남아 있었다. 부유하고 안락한 분위기가 물씬 풍겨나는 집이었다. 그런데 지금은 출입문 위쪽에 채광용으로 낸 자그마한 창문을 제외하고는 완전히 어둠에 휩싸여 있었다. 어터슨은 그 집 앞에서 발길을 멈추고 문을 두드렸다. 잘 차려입은 나이 지긋한 하인이 나와 문을 열었다.

"지킬 박사 계신가, 풀?" 변호사가 물었다.

"알아보고 오겠습니다, 어터슨 변호사님."

풀이 방문객을 천장이 낮고 널찍한 응접실로 안내하며 말했다. 바닥에 판석을 깔고 값비싼 떡갈나무 가구들을 들여놓은 응접실은 (시골집처럼) 난롯불을 환하게 피워놓아 밝고 훈훈했다.

"여기 난로 옆에서 기다리시겠습니까? 아니면 식당에 불을 켜드릴까요?"

"여기서 기다리지. 고맙네." 변호사는 이렇게 말하며 난롯가로 다가가 높다란 울에 기댔다. 지금 어터슨이 혼자 덩그러니 있는 이 방은 그의 친구 지킬 박사가 무척 아끼던 곳이었고, 어터슨 본인도 런던에서 가장 쾌적한 장소라고 칭찬하곤 했던 방이다. 하지만 오늘 밤엔 온몸의 피가 얼어붙는 듯했다. 하이드의 얼굴이 머리를 무겁게 짓눌렀다. (그런 적이 거의 없었는데) 욕지기가 올라오면서 삶이 혐오스럽게 느껴졌다. 우울한 기분 탓인지 반짝반짝 광을 낸 장식장에 비친 난로 불빛도, 천장에서 불안하게 너울 거리는 그림자도 그를 위협하는 듯했다. 곧이어 풀이 돌아와 지킬 박사는 출타중이라고 알렸을 때 그는 안도했다. 그러고는 이내 그런 자신을 부끄럽게 여겼다.

"하이드 씨가 옛날 해부실로 들어가는 걸 보았네, 풀. 지킬 박사도 집에 없는데 그래도 괜찮은가?"

"그럼요, 괜찮다마다요. 하이드 씨는 열쇠를 가지고 계십니다." 하인이 대답했다.

"아무래도 자네 주인이 그 청년을 굉장히 신임하는 모양이군, 풀." 어터슨이 생각에 잠겨 말했다.

"네, 그렇습니다. 신뢰가 정말 대단하십니다. 저희 모두 그분의 지시를 따르라는 분부를 받았습니다."

"아무리 생각해도 난 하이드라는 사람을 만난 적이 없는 것 같은데?" 어터슨이 물었다.

"당연히 그러실 겁니다, 변호사님. 그분은 여기서 식사를 하지 않으시니까요. 사실 저희도 집 이쪽에선 거의 그분을 보지 못합니다. 그분은 주로 실험실로 출입하십니다."

"알겠네. 그럼 잘 있게, 풀."

"안녕히 가십시오, 어터슨 변호사님."

변호사는 매우 무거운 마음을 안고 집으로 향했다.

'가엾은 헨리 지킬, 큰 곤경에 처한 건 아닌지 걱정스럽군! 젊었을 때 방종하게 굴긴 했지. 까마득히 먼 옛날 일이긴 하지만 신의 법에는 공소 시효라는 게 없으니. 그래, 틀림없어. 옛날에 저지른 죄악의 망령이, 숨기고 있던 치부가 비로소 드러난 게야. 벌써 옛날에 기억에서마저 사라지고 자기애自己愛가 과오를 용서했건만, 이제 와서 형벌이 뒤늦게 다리를 절룩이며 모습을 드러낸 게야.'

이런 생각이 들자 변호사는 갑자기 두려워져서 잠시 자신의 과거를 곰곰이 되짚어보았다. 혹시라도 예전에 지은 죄가 상자 속의 도깨비 인형처럼 느닷없이 밝은 데로 튀어나오지 않을까 불안에 떨며 기억을 구석구석 더듬었다. 사실 그만하면 그의 과거는 흠 잡을 데가 없었다. 지나온 삶을 돌아보면서 그처럼 떳떳할 수 있는 사람도 드물 것이다. 하지만 그는 과거에 범했던 수많은 잘못을 떠올리며 한없이 겸손해졌다. 나아가 자칫 저지를 뻔했다가 무사히 피해갈 수 있었던 수많은 잘못에 생각이 미치자 정신이 다시 맑아지면서 경건하고도 감사한 마음이 들었다. 그러고 나서 원래의 주제로 돌아가자 희망의 불씨가 보였다.

'이 하이드라는 자도 면밀히 조사해보면 뭔가 켕기는 구석이 분명히 있을 거야. 그자의 얼굴에서 어두운 비밀의 냄새가 풍겨. 그에 비하면 불쌍한 지킬이 감추고 있는 비밀은 아무리 추악하다 해도 햇빛과 같겠지. 이대로 놔둘 순 없어. 그자가 헨리의 머리맡에서 도둑처럼 훔치고 있다고 생각하니 소름이 돋는군. 가엾은 헨리, 잠에서 깰 때마다 얼마나 놀랄까! 유언장도 위험해. 이 하이드라는 자가 유언장의 존재를 알게 되는 날에는 빨리 상속을 받으려고 무슨 짓을 하려 들지 몰라. 아, 내가 나서야 해. 지킬이 맡겨주기만 한다면. 지킬이 맡겨주기만 한다면……'

이런 생각을 하고 있자니 그의 마음의 눈앞에 유언장의 기이한 조항이 투명한 그림을 보듯 다시금 또렷하게 떠올랐다.

한시름 놓은 지킬 박사

그로부터 2주 후, 정말 다행스럽게도 지킬 박사가 옛 친구 대여섯 명을 초대해 유쾌한 저녁 식사 모임을 가졌다. 모두 평판이 자자한 지성인들로 포도주에도 조예가 깊었다.

어터슨은 다른 사람들이 모두 자리를 뜬 후에도 일부러 뒤에 남았다. 전에도 그런 일이 자주 있었기 때문에 특별히 새삼스러울 건 없었다. 어터슨을 잘 아는 사람들은 그를 무척 좋아했다. 가볍고 수다스런 손님들이 돌아가고 나면 집주인들은 이 무뚝뚝한 변호사를 붙잡아두고 싶어했다. 사람들은 떠들썩하고 어수선한 분위기가 한바탕 휩쓸고 지나간 뒤 과묵한 그와 잠시 마주 앉아 조용한 시간을 즐기며 그의 고즈넉한 침묵 속에서 들떴던 마음을 차분히 가라앉히길 좋아했다. 그 점에서는 지킬 박사도 예외가 아니었다. 박사는 난로 맞은편에 앉아 있었다. 쉰 줄에 접어들었는데도 여전히 건장하고 탄탄한 체격을 유지하고 있었고, 수염을 매끈하게 깎았다. 속에 무언가를 감추고 있다는 인상을 풍기기도 했지만 어느 모로 보나 유능함과 친절이 묻어났다. 그의 표정을 보면 어터슨에게 진심에서 우러나온 따뜻한 애정을 품고 있다는 걸 알 수 있었다.

"그렇지 않아도 자네에게 할 말이 있었네, 지킬. 유언장에 관해서일세."

어터슨이 입을 열었다.

주의 깊은 관찰자라면 지킬 박사가 그 주제를 달가워하지 않는다는 사실을 짐작할 수 있었을 것이다. 하지만 박사는 그런 기색을 곧 털어내고 호쾌하게 나왔다.

"가엾은 친구, 나 같은 의뢰인을 만나다니 딱하기도 하지. 내 유언장 때문에 자네가 그렇게까지 고심할 줄은 몰랐네. 하긴 탁상공론이나 일삼는 외골수 래니언도 나를 무슨 과학계의 이단아 취급하면서 걱정이 이만저만이 아니더군. 물론 잘 알지, 보기 드물게 좋은 친구라는 거 나도 모르는 바 아닐세. 그러니 그렇게 인상 쓸 거 없네. 내 나름대로 그 친구를 좀 더 이해하려고 늘 노력하고 있다네. 하지만 그 친군 어쩔 수 없는 외골수더군. 무식하고 주제넘은 외골수 말일세. 어느 누구를 막론하고 여태껏 사람에게 그렇게 실망하긴 래니언이 처음이었네."

"내가 그 문제에 대해 한 번도 찬성한 적이 없다는 거 자네도 잘 알잖나." 어터슨은 새로운 화제를 깡그리 무시하고 계속 밀어붙였다.

"내 유언장 말인가? 그래, 잘 알고 있네. 자넨 입만 열면 그렇게 말했으니까." 지킬 박사가 약간 날이 선 목소리로 말했다.

"그렇다면 또 한 번 말해야겠네. 그동안 하이드라는 청년에 대해 뭔가를 알게 되었네."

변호사의 말에 지킬 박사의 크고 잘생긴 얼굴이 입술까지 하얗게 질린다 싶더니 눈가에 검은 그림자가 드리웠다.

"그 얘긴 더이상 듣고 싶지 않군. 이 문제에 대해서는 두 번 다시 거론하지 않기로 자네와 합의한 걸로 알고 있네만."

"내가 들은 이야기가 하도 꺼림칙해서 말일세."

변호사는 물러서지 않았다.

"그래도 바꿀 수 없네. 자넨 내 입장을 이해하지 못해." 지킬 박사는 어딘지 석연치 않은 태도로 대답했다. "난 지금 괴로운 상황에 처해 있다네, 어터슨. 아주 기이한 상황이지. 말로는 해결할 수 없는 상황이 있는데, 내처지가 바로 그렇다네."

"지킬, 자넨 날 잘 알잖나. 내가 믿을 만한 사람이라는 거 말일세. 나를 믿고 속 시원히 털어놓아보게. 내가 나서서 자넬 그 상황에서 반드시 벗어나게 해줄 테니."

"이 친구 어터슨, 고맙네, 고마워. 자네처럼 좋은 친구가 또 어디 있겠나. 너무 고마워서 몸 둘 바를 모르겠네. 자네 말이 진심이라는 거 잘 알고말고. 이 세상에 자네 말고 내가 누굴 믿겠나. 솔직히 나 자신보다 자넬 더 믿는다네. 하지만 이 일은 자네가 생각하는 일과는 거리가 멀다네. 그렇다고 그리 나쁜 일은 아닐세. 자네를 안심시키기 위해 한 가지만 말해주지. 내가 마음만 먹는다면 언제든지 하이드를 떨쳐낼 수 있네. 내 장담하지. 그리고 거듭 고마우이. 한 마디만 더 덧붙인다면 말일세, 어터슨, 부디 고깝게 받아들이지 말게나, 이 일은 내 개인적인 문제니 제발 모른 척해주게."

어터슨은 난롯불을 바라보며 잠시 생각에 잠겼다.

"아무래도 자네 말이 옳은 듯하이."

그는 마침내 이렇게 말하고 자리에서 일어났다.

"그런데 기왕 이 문제를 건드린 김에 이번이 마지막이길 바라면서 자네가 이해해주었으면 하는 점이 하나 있네." 지킬 박사는 계속 말을 이었다. "나는 불쌍한 하이드에게 매우 큰 관심을 가지고 있다네. 자네가 그 친구를 만났다는 거 알고 있네. 그렇게 말하더군. 그 친구가 무례하게 굴지나 않았는지 모르겠군. 하지만 난 그 청년에게 진심으로 아주 큰 관심을 가지고 있다네. 그래서 부탁인데, 약속해주게, 어터슨. 만약 내가 없어지면 자네가 끝까지 인내심을 가지고 그 친구의 권리를 찾아주겠다고 말일세. 자네가 자초지종을 모두 알게 되면 그렇게 해줄 거라고 생각하네. 자네가 약속해준다면 내 마음의 짐을 덜 수 있겠네만."

"난 아무래도 그 친구를 좋아하게 될 것 같지가 않은데."

변호사가 말했다.

"그런 부탁을 하는 게 아닐세." 지킬이 친구의 팔에 손을 올려놓으며 간청했다. "나는 다만 그 친구의 정당한 권리를 찾아달라고 부탁하는 걸세. 내가 이 세상에 없을 때 나를 대신해 그 친구를 좀 도와달라고 부탁하는 것일 뿐이라네."

어터슨은 자기도 모르게 한숨을 내쉬며 말했다.

"그래, 약속하지."

커루 살인 사건

그로부터 1년쯤 지난 18××년 10월이었다. 유례없이 잔인한 범죄 사건이 터지면서 런던 시내가 발칵 뒤집혔다. 더욱이 희생자의 지위가 높았던 만큼 세간의 이목이 온통 이 사건에 쏠렸다. 자세한 사건 경위는 거의 밝혀지지 않았지만 몇 가지 드러난 사실만으로도 충격을 던져주었다.

템스 강에서 그리 멀지 않은 집에 혼자 사는 하녀가 열한시경 잠을 자려고 위층 침실로 올라갔다. 자정이 지나자 안개가 도시 전체를 휘감았지만 그전만 해도 하늘엔 구름 한 점 없었고, 하녀의 방 창문에서 내려다보이는 골목길은 보름달이 내리비쳐 대낮처럼 환했다. 하녀는 낭만을 좇는 면이 있었던지 창문 바로 아래 놓인 상자에 걸터앉아 몽상에 빠져들었다. 그 어느 때보다 평화로운 느낌이 들면서 세상 사람 모두가 더없이 친근하게 생각되었다(그날 밤의 이런 심정을 이야기할 때마다 그녀는 대뜸 눈물부터 주룩주룩 흘리곤 했다). 그렇게 얼마를 앉아 있었을까, 귀티가 흐르는 백발의 나이 지긋한 신사가 골목 안쪽으로 걸어오는 모습이 보였다. 그리고 또 한 명의 남자가 노신사를 향해 다가오고 있었다. 키가 아주 작은 남자였다. 그녀는 처음에는 그 남자에게 별로 주의를 기울이지 않았다. 이야기를 주고받을 수 있을 만큼 두 사람의 거리가 좁혀졌을 때(하녀의 눈 바로 아래였다) 노신사가 고개를 숙여 인사를 건네고는 매우 정중하게 말을 걸었는데, 그다지 중요한 내용인 것 같지는 않았다. 사실 손가락으로 어디를 가리키는 것으로 보아 아마도 길을 묻고 있는 듯했다. 하지만 달빛이 노신사의 얼굴을 비추는 순간 하녀는 그렇게 기분이 좋을 수가 없었다. 순수하면서 고아한 호의가 살아 숨 쉬는 가운데 일종의 자기 만족에서 오는 기품 같은 것이 묻어나는 그런 얼굴이었다.

곧이어 그녀는 또 한 명의 남자 쪽으로 시선을 옮겨가다 그가 하이드라는 사람임을 알아보고 깜짝 놀랐다. 언젠가 그녀의 주인을 찾아온 적이 있었는데, 까닭 없이 혐오감을 불러일으켰던 바로 그 남자였다. 하이드는 손에 묵직한 지팡이를 들고 만지작거리기만 할 뿐 상대방의 말에는 한 마디 대꾸도 없이 몹시 조바심을 치는 듯했다. 그러다 갑자기 버럭 화를 내면서(하녀의 표현을 빌리면) 꼭 미치광이처럼 발을 쿵쿵 구르더니 지팡이를 휘

둘러댔다. 노신사는 흠칫 놀라며 한 발짝 뒤로 물러났다. 기분이 약간 상한 듯했다. 이에 하이드는 완전히 자제심을 잃고 지팡이로 노신사를 후려쳐 땅바닥에 고꾸라뜨렸다. 그리고 다음 순간 유인원처럼 흉포하게 날뛰며 노신사를 발로 마구 짓밟고 지팡이로 사정없이 두들겨댔다. 그런 가운데 뼈가 으스러지는 소리가 들리더니 노신사의 몸뚱이가 한길로 쿵 떨어졌다. 이 끔찍한 광경과 소리에 가정부는 그만 기절하고 말았다.

그녀가 정신을 차리고 경찰을 부른 건 새벽 두시였다. 살인자는 이미 자리를 뜨고 없었지만 희생자는 믿기 어려울 만큼 처참한 몰골로 길 한가운데에 누워 있었다.

범행에 사용된 지팡이는 희귀하면서 매우 단단하고 묵직한 나무 재질

이었는데 얼마나 인정사정없이 내리쳤던지 그 힘을 견디지 못하고 반으로 뚝 부러져 있었다. 떨어져나간 반쪽은 근처 하수구에서 뒹굴고 있었다. 나머지 반쪽은 살인자가 가지고 간 게 틀림없었다. 희생자의 몸에서 지갑과 금시계가 나왔지만 명함이나 신분증은 없었고, 다만 봉인하여 우표를 붙인 봉투가 하나 나왔다. 희생자는 아마도 편지를 부치려고 우체국에 가던 길인 모양이었다. 봉투에는 어터슨의 이름과 주소가 적혀 있었다.

이튿날 아침, 변호사는 자리에서 미처 일어나기도 전에 그 봉투를 전달받았다. 봉투를 받아들고 나서 상황 설명을 듣는 순간 그의 표정이 딱딱하게 굳었다.

"일단 시신부터 보고 나서 이야기합시다. 이건 매우 심각한 일일 수도 있소. 옷을 입을 동안 기다려주시오."

그러고는 시종일관 무거운 표정으로 서둘러 아침을 먹고 나서 시신이 운반된 경찰서로 달려갔다. 시체 안치실에 들어서자마자 그는 고개를 끄덕였다.

"그래요. 내가 아는 사람이오. 유감스럽게도 댄버스 커루 경이로군요."

"세상에, 이런 일이 일어나다니요!"

경찰관이 의외라는 듯 소리쳤다. 그리고 다음 순간 그의 눈은 직무상의 공명심으로 번들거렸다.

"꽤나 시끄럽겠는데요. 범인 체포에 협조 좀 해주십시오."

그는 하녀가 목격한 광경을 간단하게 설명하고 나서 부러진 지팡이를 보여주었다.

어터슨은 하이드라는 이름에 이미 한 번 움찔했는데, 지팡이를 보고 나니 더더욱 의심의 여지가 없었다. 지팡이는 부러진 채 여기저기 홈집이 나 있었지만 그는 그 지팡이를 한눈에 알아보았다. 몇 년 전 헨리 지킬에게 직접 선물한 바로 그 지팡이였던 것이다.

"이 하이드라는 자 말입니다. 키가 작지 않던가요?" 그가 물었다.

"하녀가 말하길 작달막하고 유난히 사악해 보이는 얼굴이라고 하더군요." 경찰관이 말했다.

어터슨은 잠시 생각에 잠겼다가 고개를 들었다.

"내 마차로 같이 가십시다. 그자의 집으로 안내해드릴 테니."

이때가 오전 아홉시경으로 계절 들어 첫 안개가 자욱이 끼어 있었다. 초콜릿빛 안개가 하늘에 낮게 드리운 가운데 바람이 이 수증기의 장막을 사방에서 쉴 새 없이 공격하며 흩뜨리고 있었다. 마차가 이 거리 저 거리를 기어가듯 느릿느릿 지날 때마다 어터슨은 어스름한 빛이 시시각각 농담을 달리하며 기기묘묘하게 바뀌는 모습을 지켜보았다. 이쪽은 땅거미가 내려앉기 시작한 저녁 무렵처럼 어둑어둑했고, 또 저쪽은 마치 큰 화재라도 난 듯 짙은 갈색 빛으로 타올랐다. 그런가 하면 잠시 안개가 걷히면서 한 줄기 가느다란 햇살이 소용돌이치는 구름 사이로 삐죽 얼굴을 내민 곳도 있었다. 이처럼 시시각각 달라지는 희미한 빛 아래서 진창길과 단정치 못한 행색의 행인들, 그리고 한 번도 꺼진 적이 없거나 아니면 어둠의 이 음험한 재침략에 맞서 다시 켠 듯한 가로등을 비롯해 소호 지구가 그 음울한 모습을 드러냈다. 변호사는 마치 악몽에 나오는 도시의 한 구역을 보는 듯했다. 거기다 그의 마음속 생각들 또한 한없이 어두웠다. 동행을 흘끗 돌아본 순간 법과 법을 집행하는 관리에 대한 두려움이 그를 엄습했다. 아무리 정직한 사람이라도 때로는 그런 두려움에 사로잡힐 수 있다.

마차가 목적했던 주소지에 다다를 때쯤 안개가 조금 걷히면서 지저분한 거리와 싸구려 술집, 천박한 프랑스 식당, 시시껄렁한 소설 나부랭이와 값싼 샐러드를 파는 가게가 눈에 들어왔다. 건물 출입구마다 누더기 차림의 아이들이 잔뜩 웅크린 채 모여 앉아 있었고, 이국 출신 여인들이 손에 열쇠를 들고 해장술을 마시려고 지나가고 있었다. 하지만 곧이어 암갈색 안개가 다시 내려앉아 그 보기 흉한 광경을 가려주었다. 이곳이 바로 헨리 지킬이 끔찍이도 아끼는 자이자 25만 파운드를 상속받게 될 자의 집이었다.

상아처럼 매끈한 얼굴에 머리가 허옇게 센 노파가 문을 열었다. 악의가 묻어나는 얼굴을 위선으로 가리고 있었지만, 태도는 나무랄 데 없이 깍듯했다. 노파는 이곳이 하이드 씨 집이 맞긴 하지만 지금 집에 없다고 말했다. 그러고 나서 어젯밤 몹시 늦게 들어왔다가 한 시간도 채 지나지 않아 다시 나갔는데, 이상한 일도 아니라고 덧붙였다. 워낙 습관이 불규칙해서 집을 비울 때가 많으며, 어젯밤 그를 본 것도 거의 두 달 만이라는 것이었다.

"잘 알겠소. 그건 그렇고 그 사람 방을 좀 보고 싶소만." 변호사가 말했다. 노파가 안 된다고 버틸 태세를 보이자 그는 기다렸다는 듯 얼른 덧붙였다. "여기 이분이 누구인지 밝혀야겠군. 이분은 런던 경찰청에서 나온 뉴커먼 경위요."

그 말을 듣는 순간 노파의 얼굴에 밉살스런 기쁨의 표정이 언뜻 스쳤다.

"아! 주인님에게 문제가 생겼군요! 무슨 짓을 저질렀나요?"

어터슨과 경위는 말없이 눈빛을 주고받았다.

"그다지 호감 가는 인물은 아닌 모양이군. 자, 아주머니, 나와 이 신사분이 집 안을 둘러보게 해주시오." 경위가 말했다.

노파마저 없었더라면 집 전체가 텅 비었을 것이다. 하이드가 사용하는 방은 겨우 두 개뿐이었다. 두 방 모두 호화롭고 고급스런 취향의 가구들로 꾸며져 있었다. 벽장은 포도주로 가득 차 있었고, 접시는 하나같이 은이었으며, 식탁보도 우아했다. 벽마다 훌륭한 그림이 걸려 있었는데, (어터슨이 추측하기에) 그림을 보는 안목이 높은 헨리 지킬이 선물한 것인 듯했다. 양탄자는 푹신푹신했고 색깔도 적당했다. 그런데 그 두 방에는 바로 얼마 전에 들어와 급히 뭔가를 뒤진 흔적이 곳곳에 드러나 있었다. 옷가지는 주머니가 뒤집힌 채 바닥에 널브러져 있었고, 자물쇠가 달린 서랍은 열려 있었다. 벽난로 위에는 종이를 태운 재가 수북이 쌓여 있었다. 경위는 잿더미 속에서 타다 만 녹색 수표책 조각을 찾아냈다. 부러진 지팡이 반쪽도 문 뒤에서 발견되었다. 이로써 경위는 혐의를 확정지으며 무척 만족스러워했다. 은행에 들러 살인자 명의로 몇천 파운드나 되는 돈이 예탁되어 있다는 사실을 확인하고 난 후 그는 더욱 반색하면서 어터슨에게 말했다.

"이제 됐습니다, 변호사님. 놈은 이 손 안에 있습니다. 정신이 완전히 나간 게 틀림없습니다. 그렇지 않고서야 지팡이를 그냥 두었을 리가 없지요. 무엇보다도 수표책을 태우다니 말이 됩니까. 놈에게 돈은 생명줄이나 다를 바 없을 텐데요. 우린 은행에서 느긋하게 놈을 기다리면서 수배 전단만 돌리면 됩니다."

하지만 마지막 문제는 그리 쉽게 해결되지 않았다. 하이드를 아는 사람이 거의 없었기 때문이다. 심지어 사건을 목격한 하녀의 주인조차 그를 딱 두 번 보았을 뿐이었고, 가족의 행방도 찾을 수 없었다. 게다가 그는 사진을 찍은 적도 없었다. 그의 인상착의를 설명할 수 있는 사람은 손가락에 꼽을 정도였는데, 그나마도 목격자들이 흔히 그렇듯 설명이 제각각 달랐다. 그런 가운데 모두가 의견의 일치를 보인 점이 딱 하나 있었다. 다름 아니라 말로는 설명할 수 없지만 그를 본 사람의 뇌리에 달라붙어 떠날 줄 모르는 기형의 느낌이었다.

편지 사건

　그날 오후 늦게 어터슨은 지킬 박사의 집으로 찾아갔다. 곧 풀이 나와서
는 주방을 지나 한때 정원이었던 뜰을 가로질러 실험실 또는 해부실로 불
리는 건물로 그를 안내했다. 박사는 어느 유명한 외과 의사의 상속인에게
서 이 집을 사들였는데, 해부 쪽보다는 화학에 취미가 있었기 때문에 정원
끄트머리에 있는 건물의 용도를 거기에 맞게 바꾸었다.

　그동안 친구의 집을 수시로 드나들었지만 변호사가 이쪽 건물로 안내된
것은 처음이었다. 그는 호기심 어린 눈초리로 창문 하나 없이 우중충한 건
물을 훑어보았다. 안으로 들어가니 맨 먼저 계단식 강의실이 나왔다. 강의
실은 낯설고 불쾌한 느낌을 주었다. 한때는 열의에 찬 학생들로 붐볐던 곳

이지만 지금은 을씨년스럽고 적막했다. 탁자 위에는 실험 기구들이 잔뜩 놓여 있었고, 바닥에는 나무 상자와 짐 꾸리는 데 쓰는 지푸라기가 어지럽게 널려 있었다. 그런 가운데 뿌옇게 안개가 낀 천장의 채광창을 통해 햇빛이 희미하게 새어들고 있었다.

강의실 저쪽 끝에 계단이 있었다. 계단은 빨간색 나사천을 씌운 문으로 이어졌다. 그 문을 지나 어터슨은 마침내 박사의 서재로 안내되었다. 널찍한 방에는 유리문이 달린 책장과 가구가 빙 돌아가며 벽면을 가득 메우고 있었다. 전신 거울과 사무용 책상도 눈에 띄었다. 안뜰 쪽으로 창이 세 개나 있었는데 모두 먼지를 잔뜩 뒤집어쓴 채 쇠창살이 끼워져 있었다. 벽난로에서는 불이 타오르고 있었고, 굴뚝 선반의 등도 켜져 있었다. 집 안까지 안개가 짙게 스며들기 시작했기 때문이다. 그리고 거기, 난로 곁에 지킬 박사가 앉아 있었다. 병색이 완연해 보이는 얼굴이었다. 그는 손님이 왔는데도 일어서지 못했다. 그래도 차가운 손을 내밀며 인사말을 건넸다. 여느 때와 다른 목소리였다.

"자네, 그 소식 들었나?" 풀이 나가자마자 어터슨이 입을 열었다.

"광장에서 사람들이 크게 떠들고 다니더군. 우리 집 식당에서 들었네." 박사가 몸서리를 치며 말했다.

"한 마디만 하자면 커루는 내 고객이었네. 물론 자네도 마찬가지지만. 그래서 분명히 해두고 싶은 게 있네. 자네 설마 이자를 숨겨줄 만큼 정신이

나가진 않았겠지?"

"어터슨, 하느님께 맹세하네." 박사가 소리쳤다. "하느님께 맹세코 두 번 다신 그자를 만나지 않겠네. 내 명예를 걸고 자네에게 말하는데 그자와는 더이상 볼일이 없네. 그자 또한 내 도움을 바라지도 않고. 자넨 나만큼 그자를 알지는 못할 걸세. 그자는 이제 아무런 해도 끼치지 못해. 내 말을 믿어주게. 앞으로 그자 소식을 듣는 일은 없을 걸세."

그 말을 듣고 있자니 변호사는 마음이 착잡했다. 친구가 필요 이상으로 열을 내는 모습이 아무래도 마뜩찮았다.

"자네는 그자에 대해 꽤나 자신이 있나보군. 모쪼록 자네 말이 맞길 바라네. 만일 재판이라도 열리게 되면 자네 이름이 나올지도 모르니."

"자신 있고말고. 누구에게도 말할 수 없지만 확실한 근거가 있네. 다만 한 가지 자네에게 조언을 구하고 싶은 일이 있네. 그러니까 그게, 편지를 한 통 받았다네. 그런데 경찰에 보여줘야 할지 말아야 할지 갈피를 잡을 수가 없어서 말일세. 자네가 그 편지를 맡아주게, 어터슨. 자네라면 현명하게 판단할 줄로 믿네. 난 자넬 굳게 신뢰하고 있다네."

"그 편지 때문에 그자가 잡히기라도 할까봐 두려운 건가?"

"아닐세. 하이드가 어떻게 되든 난 상관없네. 그자와는 이미 끝났다니까. 다만 이 끔찍한 사건으로 인해 내 인격이 더럽혀지지나 않을지 그게 걱정이라네."

어터슨은 잠시 생각에 잠겼다. 친구의 이기심에 놀랐지만 한편으로는 그 때문에 안심이 되기도 했다. 마침내 그가 말했다.

"어쨌든 그 편지 좀 보여주게."

편지는 이상하리만큼 곧게 뻗은 필체로 쓰였고, 끝에 '에드워드 하이드'라는 서명이 적혀 있었다. 내용은 아주 간단했다. 은인인 지킬 박사에게 오랫동안 헤아릴 수 없이 많은 은혜만 입었을 뿐 한 번도 제대로 보답하지 못했으며, 안심해도 될 만한 곳으로 피할 방도가 있으니 자신의 안위에 대해서는 조금도 걱정할 필요가 없다는 내용이었다. 변호사는 이 편지가 아주 마음에 들었다. 두 사람 사이가 우려했던 것만큼 그렇게 친밀한 것 같지 않았기 때문이다. 그는 한때나마 친구를 의심했던 자신을 책망했다.

"봉투는?" 어터슨이 물었다.

"태워버렸네. 아무 생각 없이 그랬지 뭔가. 하지만 우체국 소인은 찍혀 있지 않았네. 인편으로 보내왔거든."

"내가 하룻밤 가지고 있으면서 자세히 살펴봐도 되겠나?"

"나 대신 자네가 전적으로 판단해주게. 나 자신을 믿을 수가 없어서 말일세."

"글쎄, 생각해보지. 그리고 한 가지 더 있네. 자네 유언장에 있는 실종 조항 말인데, 하이드가 자네에게 받아쓰게 한 건가?"

박사는 갑자기 머리가 어지러운 듯 보이더니 입을 굳게 다문 채 고개만 끄덕였다.

"내 그럴 줄 알았어. 그자는 자넬 살해할 심산이었어. 화를 모면하다니 얼마나 다행인가." 어터슨이 말했다.

"나는 그보다 훨씬 많은 걸 얻었네." 박사가 진지하게 대답했다. "교훈을 얻은 셈이지. 오 세상에, 어터슨, 정말 큰 교훈을 얻었지 뭔가!" 이렇게 말하고 나서 박사는 두 손으로 얼굴을 감쌌다.

지킬 박사의 집을 나서는 길에 변호사는 잠시 걸음을 멈추고 풀과 한두 마디 이야기를 나누었다.

"그런데 말일세, 오늘 누가 편지를 가지고 왔다던데 그 사람 생김새가 어떻던가?"

하지만 풀은 우편물 외에는 아무것도 오지 않았다고 힘주어 말하며 덧붙였다. "그나마 모두 전단지들뿐이었습니다."

이 말에 방문객의 두려움은 다시금 되살아났다. 아무래도 편지는 실험실 문으로 직접 전달된 듯했다. 아니면 실은 서재에서 쓰였을 가능성도 있었다. 그렇다면 다른 각도에서 좀더 신중하게 다뤄야 할 문제였다. 한길로 나오자 신문팔이 소년들이 목이 터져라 외쳐대고 있었다.

"호외요, 호외! 하원 의원이 살해됐답니다!"

친구이면서 의뢰인이기도 했던 사람의 부고를 알리는 소리였다. 어터슨은 또 한 친구의 명예가 이 추문의 소용돌이에 휩쓸려 들어갈지도 모른다는 생각에 자꾸만 불안해졌다. 어쨌든 신중하게 판단해서 결정해야 할 문제였다. 평소에 어터슨은 자신의 판단을 믿고 의지하는 편이었지만, 이번만큼은 누군가의 조언을 간절히 원했다. 물론 대놓고 물을 수는 없는 노릇이었다. 그렇지만 지나가는 투로 슬쩍 내비쳐 의견을 구하면 되지 않을까 싶었다.

얼마 후, 그는 사무장 게스트와 난롯가에 마주 앉았다. 두 사람 사이에는 포도주 한 병이 난롯불과 적당한 거리를 두고 놓여 있었다. 그의 집 지하실에서 햇볕을 피해 잠자고 있던 특별히 해묵은 포도주였다. 안개가 여전히 날개를 활짝 편 채 눅눅한 도시를 내리덮은 가운데 가로등이 붉은 석류석처럼 깜빡였다. 숨 막힐 듯 짙은 안개 속에서도 도시의 일상을 이어주는 마차 행렬은 요란하게 덜거덕거리며 거리를 누볐다. 하지만 방 안은 난롯불 덕분에 아늑했다. 포도주의 신맛은 오래전에 가시고 없었다. 황제의 색이라는 그 빛깔은 창문의 색유리가 갈수록 깊은 색을 띠듯 세월과 함께 그윽해져 있었다. 비탈진 언덕의 포도밭에 내리쬐던 한여름 오후의 뜨거운 햇살이 오랜 밀봉 상태에서 풀려나 런던의 안개를 흩어놓을 채비를 갖추었다.

변호사는 자기도 모르는 사이에 마음이 누그러졌다. 그는 게스트에게만큼은 숨기는 게 별로 없었다. 비밀로 해야겠다고 마음먹은 일도 그에게는 은연중에 털어놓게 될 때가 많았다. 게스트는 일 때문에 지킬 박사의 집에 자주 드나들었고, 풀과도 안면이 있었다. 따라서 하이드가 그 집과 친하게 지낸다는 소리를 못 들었을 리가 없었다. 그렇다면 그가 뭔가 결론을 끌어낼 수 있을지도 모른다. 더 나아가 만약 그렇다면 수수께끼를 풀어줄 편지를 그에게 보여줘야 하지 않을까? 무엇보다 게스트는 필체에 대해 누구보다도 관심이 많고 또 감식안도 뛰어났다. 그런 만큼 편지를 보여준다면 이상하게 생각하기보다 오히려 반갑게 받아들이지 않을까? 게다가 그는 법률 상담이 직업인 사람이다. 그렇게 이상한 편지를 읽고 한마디 지적도 하지 않고 넘어갈 리가 없었다. 그의 의견이 앞으로의 방향을 정하는 데 도움이 될지도 몰랐다.

"댄버스 경 사건은 참으로 유감이야." 어터슨이 말했다.

"네, 정말 그렇습니다. 그 사건 때문에 여론이 들끓고 있습니다. 범인은 미친놈이 분명합니다." 게스트가 대답했다.

"그 일로 자네 의견을 들었으면 하네. 실은 내게 그자가 직접 쓴 편지가 있네. 편지가 있다는 건 자네와 나만 아는 비밀로 해야 하네. 아직 어떻게 처리해야 좋을지 몰라서 말일세. 정말 골치 아픈 일이지 뭔가. 여기 있네. 이건 자네 전문 아닌가. 살인자의 자필일세."

게스트는 눈을 빛내며 곧 자리에 앉아 열심히 편지를 살폈다.

"아닌데요, 변호사님. 미친 사람이 아닙니다. 하지만 필체는 이상하군요."

"편지를 쓴 자도 아주 괴상하다네." 변호사가 덧붙였다. 바로 그때 하인이 편지를 가지고 들어왔다.

"지킬 박사님에게서 온 건가요? 본 적이 있는 필체 같아서요. 사적인 내용입니까, 변호사님?"

"그냥 저녁 식사 초대로군. 왜? 보고 싶은가?"

"잠깐이면 됩니다. 감사합니다, 변호사님." 사무장은 편지 두 장을 나란히 펼쳐놓고 내용을 아주 꼼꼼하게 비교했다. 그가 마침내 편지 두 장을 모두 돌려주며 말했다.

"잘 봤습니다. 매우 흥미로운 필체군요."

잠시 침묵이 흘렀다. 침묵 속에서 어터슨은 초조해졌다.

"왜 이 두 편지를 비교했나, 게스트?" 그가 불쑥 물었다.

"그게 말입니다. 아무래도 닮은 데가 있어서요. 두 필체가 여러 가지 면에서 동일합니다. 기울기만 다를 뿐입니다."

"거 참 이상하군."

"말씀대로 정말 이상한 일입니다."

"짐작하겠지만 이 편지에 대해선 입도 뻥긋해선 안 되네."

"물론입니다, 변호사님."

그날 밤 혼자 있게 되자 어터슨은 편지를 금고에 넣고 잠갔다. 그때부터 편지는 줄곧 그 자리를 지켰다.

'맙소사! 헨리 지킬이 살인범을 위해 위조 편지까지 쓰다니!'

이런 생각이 들자 어터슨은 온몸의 피가 얼어붙는 듯했다.

래니언 박사에게 생긴 이변

　시간은 계속 줄달음쳤다. 수천 파운드의 현상금이 내걸렸다. 댄버스 경의 죽음은 그 정도로 사회 전체에 반향을 불러일으켰다. 하지만 하이드는 처음부터 아예 존재하지 않았던 인물처럼 경찰의 시야에서 사라지고 말았다. 그의 과거 가운데 많은 부분이 드러났는데, 하나같이 눈살을 찌푸리게 만드는 내용이었다. 인정머리라곤 없는 흉포한 잔인성, 타락한 생활, 주변의 기괴한 친구들, 가는 곳마다 그를 따라다녔던 듯한 원한을 둘러싼 이야기가 여기저기서 흘러 나왔지만 정작 그의 현재 행방에 대해선 단 한 마디도 들려오지 않았다. 그가 소호 지구에 있는 집을 나선 이후, 그러니까 살인 사건이 있던 날 아침 이후 그는 연기처럼 홀연히 종적을 감춰버렸다.

점차 시간이 흐르면서 어터슨은 처음의 충격에서 벗어나 평정을 되찾아 갔다. 댄버스 경의 죽음은 하이드의 실종으로 충분히 보상을 받았다고 그는 생각했다.

이제 그 사악한 자가 사라진 만큼 지킬 박사도 새로운 삶을 시작했다. 은둔 생활을 접고 예전처럼 친구들을 방문하거나 집으로 초대했다. 전부터 그는 자선을 베풀기로 유명했는데 지금은 신앙 생활로도 그에 못지않게 유명해졌다. 그는 바쁘게 지냈다. 외출이 잦아졌고 선행도 많이 베풀었다. 봉사 의식이 내면에 자리잡은 듯 얼굴이 아주 환해 보였다. 두 달 넘게 박사는 평화로웠다.

1월 8일 어터슨은 박사의 집에서 저녁 식사를 함께했다. 래니언도 그 자리에 있었다. 집주인은 세 사람이 지겹도록 붙어다녔던 그 옛날처럼 따스한 눈길로 둘의 얼굴을 번갈아 쳐다보았다. 그런데 12일과 14일에는 문을 굳게 닫아걸고 변호사를 들이지 않았다.

"박사님께선 집 안에 틀어박혀 아무도 만나지 않으십니다." 풀이 말했다.

그러고 나서 15일에 재차 방문했지만 이번에도 변호사를 만나주지 않았다. 최근 두 달 동안 친구를 거의 매일 보다시피 했기 때문에 그가 또다시 은둔 상태에 들어갔다는 소식에 어터슨은 마음이 몹시 무거웠다. 닷새째 날 저녁에 그는 게스트를 불러 저녁 식사를 함께한 데 이어 엿새째 날 저녁에는 래니언 박사를 찾아갔다.

거기선 적어도 퇴짜를 맞지는 않았지만 방 안에 들어선 순간 어터슨은 박사의 달라진 모습에 깜짝 놀랐다. 그의 얼굴에는 죽음의 그림자가 짙게 드리워 있었다. 혈색 좋던 얼굴은 종잇장처럼 하얗게 변했고, 체중도 많이 줄었으며, 머리숱도 눈에 띄게 줄어들어 전보다 한참 늙어 보였다. 하지만 변호사의 시선을 사로잡은 것은 이처럼 급격하게 진행된 노화의 징후가 아니라 마음속 깊이 자리한 두려움을 입증해주는 그의 눈빛과 태도였다. 래니언이 죽음을 두려워하다니 있을 수 없는 일이었지만 그래도 어터슨은 그런 의심을 떨칠 수 없었다. 그는 속으로 이렇게 생각했다.

'그래. 이 친군 의사이니만큼 자기 상태를, 살날이 얼마 남지 않았다는 것을 알고 있는 게야. 그 사실을 알고서 더욱 견딜 수가 없겠지.'

하지만 어터슨이 안색이 나빠 보인다고 지적하자 래니언은 확고한 어조로 자신은 곧 죽게 될 몸이라고 잘라 말했다.

"난 큰 충격을 받았다네. 회복되긴 그른 것 같아. 몇 주 안 남았어. 그동안 사는 게 즐거웠네. 난 내가 살아온 삶이 마음에 들어. 그래, 그랬었지. 가끔 이런 생각을 해보네, 모든 걸 다 알고 나면 차라리 죽는 편이 더 낫지 않을까 하고 말일세."

"지킬도 몸이 안 좋아. 만난 적 있나?"

어터슨이 묻자 래니언은 안색을 싹 바꾸며 떨리는 손을 처들었다.

"더이상 지킬을 보고 싶지도 않고 근황에 대한 얘기도 듣고 싶지 않네."

그의 목소리는 크고 불안정했다.

"그 인간하고는 완전히 끝났어. 죽은 사람 셈치고 있으니 앞으로는 내 앞에서 그 친구 얘기는 꺼내지 말아주게."

"쯧쯧!" 어터슨은 혀를 차고 나서 잠자코 있다가 한참 만에 다시 입을 열었다.

"내가 할 수 있는 일이 뭐 없겠나? 우리 셋은 오랜 친구 아닌가, 래니언. 게다가 새로운 친구를 사귈 만큼 오래 살지도 못할 테고 말일세."

"자네가 할 수 있는 일은 아무것도 없네. 그 친구에게 물어보게."

"나를 만나주지 않아."

"그럴 테지. 언제고 내가 죽고 나면 말일세, 어터슨, 아마도 이 일의 옳고 그름을 알게 될 걸세. 하지만 지금은 말할 수 없네. 여기 앉아서 나와 다른 얘기를 주고받겠다면 그렇게 하게. 하지만 그 저주받은 화제를 계속 입에 올릴 생각이라면 그만 가주게. 도저히 참을 수가 없으니까."

집에 돌아오자마자 어터슨은 자리에 앉아 지킬에게 편지를 썼다. 편지에서 그는 왜 자신을 집에 들이지 않는지, 또 래니언하고는 왜 그렇게 사이가 틀어졌는지를 따져 물었다. 이튿날 지킬은 장문의 답장을 보내왔다. 매우 애절한 내용이 주를 이루는 가운데 뜻을 알 수 없는 대목도 몇 군데 눈에 띄었다. 그는 래니언과의 불화는 돌이킬 수 없다고 쓰고 있었다.

옛 친구를 탓할 생각은 추호도 없네. 하지만 우리가 두 번 다시 만나선 안 된다는 그의 의견에는 나도 동감하네. 이제부터 난 철저히 은둔 생활을 할 작정이네. 설령 내 집 문이 자네한테마저 굳게 닫힌다 해도 놀라지 말고 내 우정을 의심하지도 말게. 부디 나 혼자 어두운 길을 걸어가도록 내버려두게나. 나는 차마 입에 담을 수 없는 형벌과 위험을 자초했다네. 나는 죄인 중의 죄인이며, 그 때문에 누구보다도 큰 고통을 받고 있네. 이토록 사람을 무력하게 만드는 고통과 공포가 이 세상에 존재할 줄은 미처 몰랐네. 어터슨, 자네가 이 버거운 운명의 짐을 덜어줄 수 있는 방법은 딱 한 가지뿐일세. 다름 아니라 내 침묵을 존중해주는 걸세.

어터슨은 충격에 휩싸였다. 하이드의 음침한 그늘이 사라진 후 박사는 전처럼 일과 친구들에게로 돌아와 있었다. 일주일 전만 해도 그의 미래는 기운차고 명예로운 노년의 약속과 더불어 환하게 미소 짓지 않았는가. 그런데 이제 단 한순간에 우정도, 마음의 평화도, 남은 인생도 모두 엉망이 되고 말았다. 이 너무도 엄청나고 예기치 못한 변화는 광기의 결과로밖에 보이지 않았지만 래니언의 말과 태도로 미루어볼 때 뭔가 좀더 깊은 이유가 숨어 있는 게 분명했다.

일주일 후 래니언 박사가 병석에 눕더니 2주가 채 지나지 않아 세상을 뜨고 말았다. 슬픔 속에서 장례식을 치른 날 밤, 어터슨은 사무실 문을 잠

그고 쓸쓸한 촛불 옆에 앉아 고인이
된 친구가 직접 주소를 써서 봉인한
봉투를 꺼내 앞에 놓았다. 봉투에는
이렇게 강조되어 있었다. 'G. J. 어터
슨의 손에 직접 전달할 것. 그가 먼저
사망할 경우 읽지 말고 파기할 것.'

변호사는 내용물을 꺼내 보기가 두
려워지면서 이런 생각이 들었다. '오
늘 한 친구를 묻었다. 이 편지로 인해
또 한 친구를 잃는다면?' 하지만 곧
이어 그와 같은 두려움은 친구에 대
한 배신이라 자책하며 봉투를 뜯었
다. 안에는 또 다른 봉투가 들어 있었
다. 역시 봉인된 상태였고, 겉에는
'헨리 지킬이 사망하거나 실종된 연
후에 개봉할 것'이라고 적혀 있었다.

어터슨은 자신의 눈을 믿을 수가
없었다. 하지만 분명히 실종이라고
적혀 있었다. 오래전에 주인에게 돌

려준 그 미친 유언장에서처럼 여기서도 실종이라는 단어와 헨리 지킬의 이름이 나란히 묶여 있었다. 유언장에 적혀 있던 실종이라는 개념은 하이드란 자의 사악한 의도에서 나온 산물이었다. 다시 말해 거기서 그 단어는 지극히 명백하고 끔찍한 목적과 결부되어 있었다. 하지만 래니언의 손으로 쓴 실종에는 도대체 무슨 뜻이 담겨 있을까? 어터슨은 너무나 궁금한 나머지 친구의 당부를 무시하고 당장 이 수수께끼의 진상을 속속들이 파헤치고 싶었다. 하지만 직업상의 명예와 죽은 친구에 대한 신의를 저버릴 순 없었다. 그리하여 봉투는 그의 개인 금고 가장 깊숙한 곳에서 잠들게 되었다.

호기심을 억제하는 것과 호기심을 극복하는 것은 별개의 문제였다. 그날 이후 어터슨은 살아남은 친구 지킬을 만나고 싶다는 마음이 예전처럼 간절하진 않았다. 물론 진심으로 그를 생각하긴 했지만 그런 생각에는 불안과 두려움도 섞여 있었다. 사실 친구 집을 찾아가긴 했지만 방문을 거절당할 때마다 오히려 마음이 놓이는 듯했다. 어쩌면 내심으로는 스스로 세상과 담을 쌓은 집에 들어가 속을 알 수 없는 은둔자와 마주 앉아 이야기를 나누는 것보다, 탁 트인 거리의 공기와 소리에 둘러싸인 가운데 현관에서 풀과 몇 마디 주고받는 게 더 좋았는지도 모른다. 풀이 전하는 소식은 그다지 유쾌하지 못했다. 지킬 박사는 그 어느 때보다도 자주 실험실 위쪽 서재에 틀어박혀 지내면서 더러 잠도 거기서 자는 모양이었다. 기력이 다 빠지고 없는지 말도 거의 하지 않고 책도 통 읽지 않는 게 아무래도 무슨 고민

이 있는 사람처럼 보인다고 풀은 전했다. 어터슨은 매번 같은 소식만 듣게 되었고, 그러다보니 방문 횟수도 차츰 줄어들었다.

창가에서 일어난 사건

일요일이 돌아와 어터슨은 여느 때처럼 엔필드와 산책에 나섰다가 우연히 그 뒷골목을 다시 지나게 되었다. 그 문 앞에 이르러 둘은 발걸음을 멈추고 문을 응시했다.

"어쨌든 그 이야긴 끝이 났군요. 다신 하이드를 보는 일이 없겠지요." 엔필드가 말했다.

"그러길 바랄 뿐이네. 일전에 그자를 한번 만났는데, 나도 자네가 느꼈던 혐오감을 똑같이 느꼈다고 말했던가?"

"그자를 보면 누구나 그럴 겁니다. 그건 그렇고 절 천하의 바보라고 생각하셨겠습니다. 여기가 지킬 박사님 댁 뒷문이라는 걸 전 까맣게 모르고 있었으니 말입니다. 제가 그 사실을 알게 된 데에는 변호사님 실수도 한몫 했습니다."

"그럼 자네도 알고 있었단 말인가? 그렇다면 안마당으로 들어가 창문이나 한번 보세. 솔직히 나는 딱한 지킬이 걱정이라네. 이렇게 밖에서나마 친구가 있어준다면 그 친구에게 힘이 될 걸세."

안마당은 매우 서늘하면서 약간 축축했다. 저 높이 머리 위의 하늘은 아직도 저녁노을로 환했지만 안마당엔 때 이른 땅거미가 가득 내려앉아 있었다. 세 개의 창문 중 가운데 창문이 반쯤 열려 있었다. 지킬 박사가 창가에 앉아 절망에 빠진 죄수처럼 한없이 처량한 모습으로 바람을 쐬고 있었다.

"이보게, 지킬! 좀 나아진 겐가?" 어터슨이 소리쳤다.

"영 좋지 않아, 어터슨. 그래도 다행히 오래가진 않을 걸세." 박사가 씁쓸하게 말했다.

"너무 집에만 틀어박혀 있어서 그런 게야. 밖으로 나와서 엔필드와 나처럼 혈액순환 좀 시키게. (이쪽은 내 사촌 엔필드일세. 저쪽은 지킬 박사라네.) 어서 나오게. 참, 모자 챙기는 거 잊지 말고. 자, 이리 나와서 우리와 얼른 한 바퀴 도세나."

"자넨 정말 좋은 친구야." 지킬이 한숨을 내쉬었다. "나도 그러고 싶어. 하지만 아니야, 아닐세, 아무래도 안 되겠어. 도저히 그럴 수 없다네. 그래도 어터슨, 이렇게 자네를 봐서 정말 반갑네. 얼마나 반가운지 몰라. 자네와 자네 사촌을 올라오라고 하고 싶지만 그럴 형편이 못 돼."

"그렇다면 우리가 여기 아래 있으면서 자네와 이야기를 나누는 게 제일 좋겠군." 변호사가 따스하게 말했다.

"나도 그러자고 할 참이었네." 박사가 웃으면서 대답했다. 하지만 그 말이 채 끝나기도 전에 그의 얼굴에선 돌연 미소가 가시고 대신 끔찍한 공포와 절망의 표정이 떠올랐다. 아래 있던 두 사람은 온몸의 피가 얼어붙는 듯했다. 곧바로 창문이 닫히는 바람에 스치듯 설핏 보았을 뿐이지만 그 짧은 순간만으로도 충분했다. 어터슨과 엔필드는 뒤돌아서서 말없이 안마당을 나왔다.

둘은 여전히 입을 다문 채 뒷골목을 빠져나왔다. 일요일인데도 인근 거리는 꽤 북적였다. 거리로 나오고 나서야 어터슨은 고개를 돌려 동행을 쳐다보았다. 둘 다 얼굴이 하얗게 질린 가운데 눈에는 두려움이 잔뜩 서려 있었다.

"하느님, 맙소사! 하느님, 맙소사!" 어터슨이 되뇌었다.

하지만 엔필드는 착잡한 표정으로 고개만 끄덕였을 뿐 여전히 아무 말 없이 걸음을 재촉했다.

마지막 밤

어터슨이 저녁 식사를 마치고 난로 옆에 앉아 있을 때였다. 뜻밖에도 풀이 찾아왔다.

"아니 풀, 자네가 어쩐 일인가?"

그는 거의 부르짖듯 말하고 나서 풀의 얼굴을 다시 찬찬히 들여다보았다. "무슨 일인가? 박사가 아프기라도 한 건가?"

"어터슨 변호사님, 아무래도 뭔가 잘못된 듯싶습니다." 풀이 말했다.

"우선 이리 앉아서 포도주라도 한 잔 들게. 자, 이제 진정하고 무슨 일인지 차근차근 말해보게."

"변호사님도 박사님의 상태를 잘 아실 겁니다. 스스로를 가두어놓고 지

내시지요. 또다시 서재에서 꼼짝도 않고 계신데 자꾸만 불길한 생각이 듭니다. 어찌나 불안한지 차라리 죽는 게 낫겠습니다. 변호사님, 전 두렵습니다."

"이 사람아, 분명하게 말을 해보게. 대체 뭐가 두렵단 말인가?"

"벌써 일주일 가까이 줄곧 두려움에 떨었습니다. 더는 참을 수가 없습니다." 풀은 변호사의 질문을 완전히 무시하고 대답했다.

풀은 표정으로 자신의 말을 대신하고 있었다. 태도도 갈수록 불안해 보였다. 처음에 두렵다고 말했을 때를 제외하고는 한 번도 변호사의 얼굴을 쳐다보지 않았다. 지금도 그는 포도주는 입에 대지도 않고 무릎에 올려놓은 채 방 한구석에 시선을 고정시키고 있었다.

"더는 참을 수가 없습니다." 그는 같은 말을 또 되풀이했다.

"그래, 자네가 괜히 이럴 리가 없지, 풀. 뭔가 단단히 잘못된 게야. 무슨 일인지 말해보게."

"아무래도 추악한 범죄가 일어난 것 같습니다." 풀이 잔뜩 쉰 목소리로 말했다.

"추악한 범죄라니?" 변호사가 화들짝 놀라 소리쳤다. 너무 놀라다보니 자기도 모르게 짜증이 버럭 났다.

"추악한 범죄라니? 대체 그게 무슨 소린가?"

"차마 말씀드릴 수가 없으니 저와 함께 가서서 직접 보시지요. 어떠십니까?"

어터슨은 대답 대신 자리에서 일어나 모자와 외투를 집어들었다. 그런데 집사의 얼굴에 떠오른 크나큰 안도의 표정을 보고 의아한 생각이 들었다. 그를 따라나서며 풀이 내려놓는 포도주 잔을 보니 그때까지 입 한 번대지 않았는데, 그 점 역시 의아스러웠다.

3월답게 을씨년스럽고 추운 밤이었다. 하늘엔 창백한 달이 바람에 뒤집히기라도 한 듯 벌렁 나자빠져 있었고, 한랭사*처럼 투명한 구름이 둥둥떠다니고 있었다. 바람 때문에 이야기를 나누기가 어려웠고 얼굴도 벌겋게상기되었다. 거리는 바람이 휩쓸고 지나가기라도 했는지 드물게 인적이 뜸했다. 어터슨은 런던의 이쪽 지역이 지금처럼 텅 빈 모습은 본 적이 없는듯했다. 그 반대였으면 하고 그는 바랐다. 살면서 사람이 보고 싶다는 생각이 이토록 간절하게 든 적은 없었다. 아무리 몰아내려 애를 써도 뭔가 크나큰 참사가 다가오고 있다는 불길한 예감이 마음에서 떠나지 않았다. 두 사람이 지킬 박사의 집이 있는 주택가에 다다랐을 때에는 사방에서 바람과먼지가 휘몰아치는 가운데 정원의 가냘픈 나무들이 울타리에 몸을 부딪쳐대고 있었다. 풀은 줄곧 한두 걸음 앞서가더니 이제 길 한가운데 멈춰 서서살을 에는 듯한 날씨에도 모자를 벗고 빨간색 손수건으로 이마를 훔쳤다.

---

* 가는 실로 거칠게 평직으로 짜서 풀을 세게 먹인 직조물.

물론 여기까지 서둘러 오긴 했지만 그가 훔쳐낸 것은 힘들어 흘린 땀방울이 아니라 그의 숨통을 옥죄는 고뇌의 진땀이었다. 하얗게 질린 얼굴과 쉬고 갈라진 목소리가 이를 말해주었다.

"다 왔습니다, 변호사님. 하느님께서 굽어 살피사 부디 아무 일도 없어야 할 텐데요."

"나도 그러길 비네, 풀."

곧이어 집사는 매우 조심스럽게 문을 두드렸다. 사슬이 걸린 채로 문이 열리더니 안에서 목소리가 들려왔다. "집사님이세요?"

"그래, 어서 문 열게."

집 안으로 들어서자 응접실에 불이 환하게 켜진 채 난롯불이 활활 타오르고 있었다. 난로 주변에는 하인과 하녀들이 모두 나와 양 떼처럼 모여 있었다. 어터슨을 보자 한 하녀가 감정에 북받쳐 울음을 터뜨렸다. 요리사는 요리사대로 "하느님 감사합니다! 어터슨 변호사님이 오시다니"라고 소리치며 그를 껴안기라도 할 듯 앞으로 달려나왔다.

"무슨 일인가, 왜들 그러나? 어째서 다들 여기 나와 있는 겐가?" 변호사가 역정을 내며 말했다. "웬 소란인가, 볼썽사납게. 자네들 주인이 알기라도 하면 얼마나 언짢아하시겠나?"

"다들 두려워하고 있습니다." 풀이 말했다.

침묵이 흘렀다. 다들 굳게 입을 다물었다. 하녀만 더욱 소리 높여 시끄럽

게 울어대고 있었다.

"입 다물지 못할까!"

풀도 신경이 곤두섰는지 말투가 거칠었다. 사실 하녀가 너무 갑작스레 울음소리를 높이는 바람에 다들 겁먹은 얼굴로 돌아서서 안쪽 문을 향해 걸음을 옮겨놓기 시작했다. 이어 풀이 심부름하는 아이를 불러 세웠다.

"거기 너, 가서 촛불 좀 가져오너라. 당장 이 일을 끝내야겠다."

그러고 나서 그는 어터슨에게 자기를 따라오라고 청하고는 앞장서서 뒷마당으로 향했다.

"저, 변호사님, 될 수 있는 대로 발소리는 내지 말아주십시오. 소리는 내지 마시고 가만히 듣기만 하십시오. 그리고 설령 안에서 들어오라고 하시더라도 절대 들어가시면 안 됩니다."

어터슨은 이 뜻밖의 경고에 신경이 과민해져서 경련을 일으키는 바람에 하마터면 균형을 잃을 뻔했다. 하지만 곧 용기를 다시 끌어모아 집사를 따라 실험실 건물로 들어갔다. 나무 상자와 병들이 굴러다니는 계단식 강의실을 지나자 계단 발치가 나왔다. 여기서 풀은 어터슨에게 한쪽에 서서 들어보라는 시늉을 해 보였다. 그러고는 촛불을 내려놓고 한참 의지를 다지더니 계단을 올라가 잠시 망설이다가 마지못해 붉은 나사천을 씌운 서재 문을 두드렸다.

"어터슨 변호사님께서 뵙기를 청하십니다."

큰 소리로 그렇게 말하는 와중에도 그는 어터슨에게 잘 들어보라는 몸
짓을 또 한 번 취해 보였다.

안에서 목소리가 들려왔다. "아무도 만나지 않겠다고 전하게." 짜증이
잔뜩 섞인 말투였다.

"알겠습니다, 주인님."

풀의 목소리에는 일종의 의기양양함 같은 게 서려 있었다. 그는 촛불을
집어들고 다시 마당을 가로질러 커다란 주방으로 어터슨을 안내했다. 주방
은 불이 꺼진 채 딱정벌레들이 바닥에서 뛰어다니고 있었다.

"변호사님, 저희 주인님 목소리가 맞던가요?"

풀이 어터슨의 눈을 똑바로 들여다보며 말했다.

"목소리가 많이 변한 것 같더군."

변호사가 아주 창백한 얼굴로 그의 시선을 맞받으며 대답했다.

"변했다고 하셨습니까? 예, 제 생각도 같습니다. 20년째 이 댁에서 일하
고 있는 제가 주인님 목소리를 모르겠습니까? 그럴 일은 없습니다. 주인님
은 돌아가셨습니다. 여드레 전, 주인님이 울부짖으며 하느님을 찾는 소리
를 우리 모두 들었습니다. 주인님 대신 대체 누가 저 안에 있는 걸까요? 왜
저기 있는 걸까요? 하늘에 대고 외쳐 묻고 싶은 심정입니다, 어터슨 변호
사님!"

"정말 기이한 이야기로군, 풀. 얼토당토않은 이야기야." 어터슨이 손가

락을 깨물며 말했다. "자네 추측대로 만약에 지킬 박사가 그래, 살해당했다고 치세. 그렇다면 살인자가 왜 여태 저기 있겠나? 그건 앞뒤가 맞지 않아. 이치에 어긋난단 말이지."

"하긴 변호사님은 쉽게 납득하시는 분이 아니지요. 하지만 제 말씀을 들으시면 생각이 달라지실 겁니다. 요 일주일 내내 (변호사님도 알고 계시는) 저 사람인지 뭔지 모를, 뭐가 됐든지 간에 아무튼 저 서재에 있는 것은 밤낮으로 어떤 약을 구해오라고 악을 써대고 있습니다. 하지만 아직도 마음에 드는 약을 구하지 못한 모양입니다. 때로 종이에 지시 사항을 써서 계단에다 던져놓기도 하는데, 사실 그건 주인님 방식이기도 합니다. 일주일 동안 저희가 본 건 그 종이쪽지들밖에 없습니다. 문은 항시 닫혀 있고, 식사를 갖다놓으면 아무도 없는 틈을 타서 몰래 들여갑니다. 매일, 하루에도 두세 번씩 지시 사항과 불만을 적은 쪽지가 나와 있습니다. 그러면 저는 그 쪽지를 들고 시내의 약품 도매상이란 도매상은 모조리 뛰어다닙니다. 그런데 약품을 가지고 돌아와보면 그때마다 불순물이 섞여 있으니 물리라는 쪽지가 놓여 있곤 합니다. 다른 도매상에 가보라는 지시가 적힌 또 다른 쪽지와 함께 말입니다. 무엇에 쓸 작정인지는 모르겠지만 그 약이 꼭 필요한가 봅니다."

"아무거나 상관없으니 혹시 그 쪽지들 중 가지고 있는 게 있나?"

어터슨이 묻자 풀이 주머니를 더듬더니 꾸깃꾸깃 구겨진 쪽지 한 장을 꺼내어 변호사에게 건넸다. 변호사는 촛불 가까이로 몸을 숙여 쪽지를 세심하게 살폈다. 내용은 다음과 같았다.

먼저 모 상사 임직원 여러분에게 안부 전합니다. 지난번에 받은 약품 견본은 불순물이 섞여 있어 현재 제가 염두에 두고 있는 용도로는 전혀 쓸모가 없습니다. 18××년 저는 귀 상사로부터 약품을 다량으로 구입한 적이 있습니다. 모쪼록 꼼꼼하게 찾아보셔서 똑같은 품질의 약품이 조금이라도 남아 있거든 즉시 저에게 보내주십시오. 비용은 얼마가 되든 상관없습니다. 저한테는 얼마나 중요한 일인지 모릅니다.

여기까지는 편지가 상당히 침착하게 작성되어 있었다. 하지만 그러고 나서 글쓴이의 감정이 폭발했는지 글씨체가 갑자기 제멋대로 흔들거렸다. "제발 이전 약품을 좀 찾아주시오." 그는 끝에다 이렇게 덧붙이고 있었다.
"이상한 편지로군." 어터슨이 말했다. 그러고는 날카롭게 물었다. "그런데 어째서 자네가 이걸 열어본 건가?"
"모 상사 주인이 몹시 화를 내면서 무슨 더러운 쓰레기라도 되는 양 제게 다시 내던지더군요." 풀이 대답했다.
"이건 틀림없는 지킬 박사의 필체야, 아니 그런가?"
"저도 그런 것 같다고 생각하긴 했습니다." 풀은 다소 시큰둥하게 말하

더니 목소리를 바꾸어 덧붙였다. "하지만 필체가 무슨 소용 있겠습니까? 제가 그자를 직접 봤는데요!"

"그자를 봤다고?" 어터슨이 되물었다. "정말인가?"

"그렇다니까요! 자초지종은 이렇습니다. 정원에서 계단식 강의실로 불쑥 들어갔을 때였습니다. 그자는 이 약인지 뭔지를 찾으러 잠시 나온 듯했습니다. 서재 문이 열려 있었고, 그자는 강의실 저쪽 끝에서 나무 상자를 뒤지고 있더군요. 그런데 제가 안에 들어서자 고개를 들어 절 올려다보더니 비명 같은 소리를 내지르며 부리나케 위층 서재로 달아나버리더군요. 그자를 본 것은 겨우 1분밖에 되지 않았지만 머리끝이 쭈뼛 곤두서지 뭐겠습니까. 만약 그자가 주인님이었다면 왜 얼굴을 가면으로 가리고 있었겠습니까? 그자가 주인님이 맞다면 왜 쥐새끼처럼 찍찍대며 저를 피해 달아났겠습니까? 저는 오랫동안 주인님을 모셔왔습니다. 그런데……" 집사는 말을 잇지 못하고 손으로 얼굴을 감쌌다.

어터슨이 입을 열었다. "듣고 보니 참으로 기이한 상황이군. 하지만 알 것도 같네. 풀, 자네 주인은 끔찍한 고통과 기형을 동반하는 몹쓸 병에 걸린 게 틀림없어. 그래서 가면을 쓰고 친구들을 멀리하는 게야. 목소리도 그래서 변한 거고. 저리 애타게 약을 찾는 이유도 그래서일 게야. 이 불쌍한 친구가 마지막으로 기댈 수 있는 희망이 바로 약인 것이지. 하느님께서 부디 그 희망을 저버리시지 말아야 할 텐데! 이게 내가 내린 결론일세. 정말 슬프고 생각만 해도 오싹한 일이지만 그래야 모든 게 분명하고 앞뒤가 맞아떨어져. 우리도 지독한 불안에서 놓여날 수 있고 말일세."

"하지만 변호사님," 풀이 핏기가 가셔 군데군데 하얘진 얼굴로 말했다. "그건 주인님이 아니었습니다. 정말입니다. 저희 주인님은……"

여기까지 말하고 그는 주위를 둘러보더니 목소리를 낮추었다.

"주인님은 키가 크고 풍채가 좋으신 분인데 이자는 난쟁이에 가까웠습니다."

어터슨이 뭐라고 반박하려 하자 풀이 목청을 높였다.

"아니, 변호사님! 제가 20년 넘게 모신 주인님을 몰라보겠습니까? 주인님 머리가 서재 문 어디쯤에 닿는지 제가 모르겠습니까? 지금껏 하루도 빠짐없이 매일 아침 서재에서 주인님을 뵈었는데요? 아니고말고요, 변호사님. 가면을 쓴 자는 절대 지킬 박사님이 아니었습니다. 그게 누구인지는 하느님만이 아시겠지만 지킬 박사님은 절대 아니었습니다. 저는 저기서 살인이 있었다고 굳게 믿습니다."

"풀, 자네가 정 그렇게 말한다면 이 일을 분명하게 짚고 넘어가는 게 내 의무가 아닐까 싶네. 자네 주인의 기분을 상하게 할 생각도 없거니와, 또 이 편지를 보면 자네 주인이 아직 살아 있는 것 같아 혼란스럽기도 하지만 저 문을 부수고라도 안에 들어가보는 게 내가 할 일이지 싶어."

"백번 옳으신 말씀입니다, 어터슨 변호사님!" 집사가 흥분해서 소리쳤다.

어터슨이 다시 말을 이었다. "그럼 이제 다음 문제는 누가 그 일을 할 것인가인데."

"그야 변호사님과 저지요." 한 치의 흔들림도 없는 대답이었다.

"그렇네. 그리고 어떤 결과가 나오든 자네가 피해를 보는 일은 없도록 하겠네."

"강의실에 도끼가 있습니다. 변호사님께선 혹시 모르니 저기 부지깽이를 가져가십시오."

변호사는 그 울퉁불퉁하고 무거운 도구를 집어들고 어느 부분을 잡으면 좋을지 가늠해보았다. 그러고는 풀을 올려다보며 말했다.

"자네와 난 곧 위험에 처할지도 모르네. 알고 있나, 풀?"

"각오는 하고 있습니다, 변호사님."

"좋아, 그렇다면 우리 솔직해지세. 우리 둘 다 속에만 담아두고 입 밖으로 꺼내지 않은 생각들이 많아. 이제 터놓고 얘기해보세. 자네가 본 그 가면을 쓴 자 말인데, 혹시 안면이 있지 않던가?"

"글쎄요, 하도 순식간인 데다 그자가 몸을 잔뜩 웅크리고 있어 장담할 순 없습니다만, 하이드 씨를 말씀하시는 거라면, 예, 하이드 씨 같았습니다! 맞습니다. 몸집도 비슷했고요, 재고 가벼운 몸놀림도 똑같았습니다. 그리고 그자 말고 또 누가 실험실 문으로 들어올 수 있겠습니까? 저번에 살인 사건이 일어났을 때에도 그자가 열쇠를 가지고 있었다는 사실, 잊지 않으셨겠지요? 하지만 그게 다가 아닙니다. 혹시 그 하이드라는 자를 만나 본 적 있으신지요?"

"있네. 얘기를 나눈 적이 한 번 있지." 변호사가 대답했다.

"그렇다면 변호사님도 잘 아시겠군요. 그 사람에게는 뭔가 기괴한, 사람을 기겁하게 하는 뭔가가, 이 이상 어떻게 말해야 좋을지 모르겠지만, 아무튼 사람을 뼛속까지 오싹하게 만드는 구석이 있다는 거 말입니다."

"나도 자네가 말하는 그런 느낌을 받았네."

"정말입니다. 가면을 쓴 그자가 원숭이처럼 약품 더미 사이에서 튀어나와 서재로 쌩하니 사라지는 모습을 본 순간 등골이 다 서늘해지지 뭡니까.

물론 그게 증거가 될 순 없겠지요. 저도 그 정도는 압니다. 어터슨 변호사님. 하지만 인간에게는 느낌이라는 게 있지 않습니까. 성경에 대고 맹세하건대 분명히 하이드였습니다!"

"그래, 그거야, 내가 두려워하는 게 바로 그 점이라네. 아무래도 큰일이 생겼지 싶네. 그래, 큰일이 일어난 게 분명해. 아, 자네 말대로 가엾은 지킬은 살해당한 게 확실해. 그리고 살인자는 (도대체 무슨 목적인지는 하느님만이 아시겠지만) 아직도 지킬의 방에 숨어 있고. 좋아, 우리가 복수를 해주세. 브래드쇼를 부르게."

브래드쇼가 얼굴이 하얗게 질린 채 불안에 떨며 불려왔다.

"정신 차리게, 브래드쇼. 자네들 모두 불안해하고 있다는 거 나도 모르는 바 아닐세. 그래서 이제 이 상황을 끝내려고 하네. 여기 풀과 내가 서재 문을 부수고 들어갈 걸세. 만일 모든 게 정상이라면 책임은 내가 지겠네. 하지만 불상사가 생기거나 범인이 뒤로 도망갈 수도 있으니 자네는 심부름하는 아이와 튼튼한 몽둥이를 하나씩 들고 뒤로 돌아가 실험실 문을 지키게. 10분의 여유를 줄 테니 서두르게."

브래드쇼가 자리를 뜨자 변호사는 시계를 보았다.

"자, 풀, 우리도 가세."

그러고는 부지깽이를 겨드랑이에 끼고 앞장서서 마당으로 나섰다. 구름이 획획 지나가며 달을 가리는 바람에 사방이 캄캄했다. 안마당까지 바람이 들어와 걸을 때마다 촛불이 들까불댔다. 어터슨과 집사는 계단식 강의실로 들어가서는 조용히 앉아 기다렸다. 런던 시내의 소음이 사방에서 웅웅거리며 들려왔다. 하지만 바로 지척은 고요하기만 했다. 정적을 깨는 게 있다면 서재 바닥을 서성대는 발소리뿐이었다.

"저렇게 하루 종일 서성댄답니다, 변호사님." 풀이 낮게 속삭였다. "밤에도 마찬가집니다. 새 약품 견본이 도착할 때만 잠시 멈출 뿐이지요. 저렇게 안절부절못하는 게 바로 양심이 병들었다는 반증 아니겠습니까! 아, 저한 걸음 한 걸음마다 피가 뚝뚝 흐르는 듯합니다! 좀더 가까이 다가가서 주의를 기울여 다시 잘 들어보십시오, 변호사님. 그리고 박사님 발소리가 맞는지 제게 말씀해주십시오."

통통 튀는 듯하면서 가볍고 기이한 발걸음이었다. 하지만 매우 느렸다. 어쨌든 헨리 지킬의 무겁게 내딛는 발걸음과는 완전히 달랐다. 어터슨은 한숨을 내쉬었다.

"뭐 또 다른 건 없나?"

풀이 고개를 끄덕였다. "한 번, 딱 한 번 우는 소리를 들었습니다!"

"울었다고? 어떻게 말인가?" 변호사는 갑자기 오싹한 공포를 느끼며 물었다.

"아녀자처럼, 아니 지옥에 떨어진 영혼처럼 울더군요. 그 소리에 저까지 마음이 무거워져서 울 것 같아 그만 돌아와버렸습니다."

이제 10분이 거의 다 지났다. 풀이 짐을 포장하는 데 쓰는 밀짚 더미 아래서 도끼를 꺼냈다. 촛불은 공격할 때 앞이 잘 보이도록 가장 가까운 탁자에 올려놓았다. 두 사람은 숨을 죽인 채 밤의 정적 속에서 여전히 쉴 새 없이 왔다갔다 하는 발소리가 나는 곳으로 다가갔다.

"지킬!" 어터슨이 큰 소리로 불렀다. "자넬 꼭 봐야겠네."

잠시 기다렸지만 아무 대답이 없었다.

"자네에게 미리 말해두는데, 아무래도 의심스러워서 자넬 꼭, 기필코 봐야겠네."

그는 잠깐 뜸을 들였다가 다시 입을 열었다.

"정당한 방법으로 안 된다면 부당한 방법으로라도, 자네가 동의하지 않는다면 폭력을 써서라도 들어가겠네!"

목소리가 들려왔다. "어터슨, 제발 그

러지 말게!"

"아니, 저건 지킬의 목소리가 아니잖아, 하이드야!" 어터슨이 소리쳤다. "문을 부수게, 풀!"

풀이 어깨 위로 도끼를 쳐들어 세게 내리쳤다. 건물 전체가 흔들리면서 붉은 나사천을 씌운 문이 번쩍 들린다 싶더니 잠금쇠와 경첩에 철컥 걸렸다. 서재 안에서 겁에 질린 짐승의 울부짖음과도 같은 무시무시한 비명이 울려나왔다. 다시 도끼로 내리치자 널빤지가 부서지면서 문짝이 다시 튀어 올랐다. 이렇게 네 번이나 내리쳤지만 문짝에 사용된 나무는 너무 단단했다. 잠금쇠도 대단한 장인이 만들었는지 여전히 꿈쩍하지 않았다. 다섯번째로 도끼질을 하고서야 잠금쇠가 부서지면서 문짝이 방 안 양탄자 위로 쓰러졌다.

어터슨과 풀은 자기들이 벌인 소동과 뒤이어 찾아온 정적에 움찔 놀라서 뒤로 조금 물러나 안을 들여다보았다. 차분한 등잔 불빛 속에서 서재가 두 사람의 눈앞에 모습을 드러냈다. 벽난로에서 타닥거리며 불이 환하게 타오르는 가운데 주전자가 가느다란 휘파람 소리를 내고 있었다. 서랍이 한두 개 열려 있었고, 책상 위에는 종이들이 가지런히 정리되어 있었다. 난로 가까이에는 차 마시는 도구들이 놓여 있었다. 조용하기 그지없는 방이었다. 약품이 빼곡이 들어찬 유리장만 없었다면 그날 밤 런던 어디에서나 볼 수 있는 방이었다.

그 방 한가운데 한 남자가 엎어져 있었다. 온몸이 뒤틀린 채 아직도 꿈틀거리고 있었다. 두 사람이 까치발로 다가가 남자를 반듯이 누이자 에드워드 하이드의 얼굴이 드러났다. 그는 체구에 비해 너무 큰 옷을 입고 있었다. 지킬 박사의 몸에나 맞을 법한 옷이었다. 얼굴의 힘줄은 살아 있는 사람처럼 여전히 실룩이고 있었지만 숨은 이미 끊어진 상태였다. 손에 들린 깨진 약병과 공기를 짓누르는 강한 아몬드 냄새*로 어터슨은 그가 자살했다는 것을 알 수 있었다.

"우리가 너무 늦게 왔어." 어터슨이 굳은 목소리로 말했다. "구하기에도, 벌을 주기에도 너무 늦었어. 하이드는 죽었네. 이제 자네 주인의 시체를 찾는 일만 남았군."

그 건물의 대부분은 강의실이었다. 1층의 거의 전부를 차지하는 강의실은 천장에서 빛이 들어오게 되어 있었다. 강의실 한쪽 귀퉁이 위로 안마당이 내려다보이는 서재를 올렸고, 복도가 강의실과 골목길로 난 문을 연결했다. 이 문을 통해서도 2층 서재로 드나들 수 있었다. 이 밖에 음침한 골방 몇 개와 널찍한 지하실이 있었다. 두 사람은 이 모든 곳을 샅샅이 조사했다. 골방은 한 번만 쓱 훑어보면 되었다. 하나같이 텅텅 비어 있었기 때문이다. 문을 열자 먼지가 부슬부슬 떨어져 내리는 점으로 보아 오랫동안

---

* 청산가리에서 아몬드 냄새가 난다.

닫혀 있었던 게 분명했다. 지하실은 온갖 잡동사니로 발 디딜 틈이 없었다. 대부분 전 주인인 외과 의사가 이 집에 살던 시절부터 있던 물건이었다. 그래도 문을 열어보았더니 오랜 세월 입구를 막고 있으면서 엉길 대로 엉겨붙은 거미줄 덩어리가 툭 떨어져 내렸다. 더 살펴봐야 헛수고일 뿐이었다. 죽었는지 살았는지 헨리 지킬의 흔적은 어디에서도 나오지 않았다.

"여기 묻힌 게 틀림없습니다."

풀이 복도 바닥의 판석을 여기저기 발로 쿵쿵 밟아보더니 되울리는 소리에 귀를 기울이며 말했다.

"피했을 수도 있지."

어터슨은 이렇게 말하며 돌아서서 골목길로 난 문을 살폈다. 문은 잠겨 있었다. 두 사람은 문 바로 옆 판석에 떨어져 있는 열쇠를 발견했다. 녹이 잔뜩 슬어 있었다.

"사용하는 열쇠가 아닌 것 같군." 변호사가 말했다.

"사용하다니요!" 풀이 되받아 말했다. "부러진 거 안 보이십니까, 변호사님? 누가 발로 밟아 일부러 부러뜨린 것 같은데요."

"그렇군. 부러진 부분도 녹슬어 있고." 두 남자는 겁에 질려 서로를 쳐다보았다.

"희한한 일도 다 있군. 서재로 다시 가보세." 변호사가 말했다.

어터슨과 풀은 말없이 계단을 올라가 여전히 두려운 눈길로 간간이 시체를 흘끔거리면서 아까보다 더욱 용의주도하게 서재 안을 살폈다. 한 탁자에 화학 실험을 한 흔적이 있었다. 언뜻 소금처럼 보이는 흰색 가루가 각기 다른 분량으로 유리 접시에 담겨 놓여 있었는데, 저 불행한 사나이는 아마도 실험을 하다 방해를 받은 듯했다.

"제가 늘 사다 나르던 바로 그 약이군요." 풀이 말했다. 바로 그때 주전자의 물이 엄청나게 요란한 소리를 내며 끓어 넘쳤다.

이 소리에 두 사람은 난롯가로 다가갔다. 안락의자가 불 곁 적당한 거리에 놓여 있었고, 팔만 뻗으면 닿을 수 있는 곳에는 찻잔에 설탕까지 든 채로 차를 마실 준비가 되어 있었다. 선반에는 책이 몇 권 꽂혀 있었다. 찻잔 옆에도 한 권 펼쳐져 있었는데, 신학 서적이었다. 과거 지킬이 여러 차례에 걸쳐 극구 칭찬했던 책이었다. 어터슨은 그 책을 들여다보고 깜짝 놀랐다. 여백에 신을 모독하는 불경스런 주석이 지킬의 필체로 빽빽하게 적혀 있었기 때문이다.

계속해서 방을 조사하다가 두 사람은 전신 거울 앞에 이르렀다. 거울을 들여다보는데 까닭 모를 두려움이 두 사람을 휘감았다. 하지만 거울에 비친 것은 천장에서 어른대는 불그스름한 빛과 책장 유리 문에 반사되어 반짝이는 난로 불빛, 구부정하게 서서 창백하고 겁에 질린 얼굴로 거울을 들여다보고 있는 자신들의 모습뿐이었다.

"이 거울은 괴상한 일들을 지켜보았겠지요, 변호사님." 풀이 나지막하게 말했다.

"그보다 거울 자체가 더 기이하군." 어터슨도 목소리를 낮추었다. "지킬이 무엇 때문에……"

그는 자신이 내뱉은 말에 움찔 놀라며 입을 다물었다가 다시 용기를 내서 계속 말을 이었다.

"지킬이 이걸로 뭘 하려고 했을까?"

"그러게 말입니다!"

그리고 나서 두 사람은 사무용 책상 쪽으로 돌아섰다. 깔끔하게 정리된 서류들 맨 위에 커다란 봉투가 하나 놓여 있었는데, 지킬 박사의 필체로 어터슨의 이름이 적혀 있었다. 변호사가 봉투를 뜯자 안에 있던 서류 봉투 몇 개가 바닥으로 떨어졌다. 첫번째 서류는 유언장이었다. 6개월 전에 돌려준 유언장과 똑같이 괴상한 조항이 들어 있었는데, 박사가 사망할 경우 유언장으로, 실종될 경우 재산 양도 증서로 그 효력을 발휘하도록 작성된 문서였다. 하지만 이번에는 에드워드 하이드라는 이름 대신 게이브리얼 존 어터슨이라는 이름이 적혀 있는 것을 보고 변호사는 이루 말할 수 없이 놀랐다. 그는 풀을 쳐다보고 나서 다시 서류를, 그리고 마지막으로 양탄자 위에 널브러져 있는 악인의 시신을 쳐다보았다.

"머리가 빙글빙글 도는군. 저자가 줄곧 이걸 가지고 있었다니. 나를 좋아할 리도 없고, 자기 이름이 빠진 걸 알고 길길이 날뛰었을 텐데. 그런데도 없애지 않았단 말이지." 어터슨이 말했다.

그는 다음 서류를 집어들었다. 지킬 박사가 직접 쓴 간단한 편지로 맨 위에 날짜가 적혀 있었다. 변호사가 외쳤다.

"이런, 풀! 그 친구 오늘까지도 여기 살아 있었어. 그렇게 짧은 시간에 사람을 죽여서 시체까지 처리한다는 건 불가능한 일이야. 그 친구 아직 살아 있는 게 분명해, 어디로 피한 게 틀림없어! 그런데 왜 피했을까? 어떻게? 그렇다면 이 사건을 자살로 단정지어도 될까? 아, 우리 둘 다 신중해야 하네. 자칫 자네 주인을 무시무시한 파국으로 몰아갈 수도 있으니."

"어서 읽어보시지요." 풀이 말했다.

"두려워서 말일세." 변호사가 무겁게 말했다. "부디 두려워할 일이 없기를!" 그는 편지를 눈앞으로 가져가 읽었다.

친애하는 어터슨,

이 편지가 자네 수중에 들어갔다면 나는 이미 사라지고 없을 걸세. 어떤 상황 때문에 그렇게 될지는 나도 예측할 수 없네. 그러나 나의 직감과 뭐라 말할 수 없는 나의 모든 상황으로 미루어볼 때 파국은 확실히, 또 이르게 닥칠 것이 분명하네. 그러니 가서 래니언이 자네한테 넘기겠다고 내게 경고했던 그 글을 먼저 읽어보게. 그러고도 더 자세히 알고 싶다면 내 고백을 보게나.

자네의 쓸모없고 불행한 벗

헨리 지킬

"봉투가 또 있었나?" 어터슨이 물었다.

"예, 여기 있습니다, 변호사님." 풀은 이렇게 말하고 여러 군데를 봉한 꽤 두툼한 봉투를 건넸다.

변호사는 봉투를 받아 호주머니에 밀어 넣었다.

"나는 이 서류에 대해 아무 말도 않겠네. 자네 주인이 몸을 피했든 죽었든 최소한 그의 명예는 지킬 수 있을 걸세. 벌써 열시군. 집에 돌아가서 차분하게 이 서류들을 읽어봐야겠네. 하지만 자정 전에 다시 올 테니 그때 경찰을 부르기로 하세."

두 사람은 서재에서 나와 강의실 문을 잠그고 뒤돌아섰다. 어터슨은 응접실 난롯가에 모여 있는 하인들을 또 한 번 뒤로하고 이 수수께끼를 풀어줄 두 통의 편지를 읽으러 사무실로 무거운 발걸음을 옮겼다.

래니언 박사가 남긴 글

　1월 9일, 그러니까 나흘 전일세. 야간 우편 배달 편으로 등기 우편을 한 통 받았네. 주소를 쓴 필체를 보니 같은 의사이자 학창 시절부터 지기인 헨리 지킬이 보낸 편지였네. 편지를 받고 적잖이 놀랐네. 그도 그럴 것이 그동안 서로 편지를 주고받은 적도 없거니와, 바로 전날 저녁에 만나서 식사를 함께했던 터라 우리 사이에 새삼스레 격식을 차려 굳이 등기를 보내는 이유를 도무지 짐작할 수가 없었네. 내용을 읽고 더욱 놀랐지. 편지 내용은 다음과 같네.

18××년 12월 10일

친애하는 래니언에게,

자넨 나의 가장 오랜 벗 중 한 명일세. 때로 과학과 관련된 문제로 서로 의견을 달리한 적이 있을지는 몰라도 적어도 내 편에서 생각하기에 우리의 우정에 금이 간 적은 없었네. 만약 자네가 "지킬, 내 목숨, 내 명예, 내 분별력이 모두 자네에게 달려 있네"라고 말했다면 언제든 나는 자네를 돕기 위해 나의 전 재산은 물론이고 팔도 하나 내어주었을 걸세. 래니언, 내 목숨, 내 명예, 내 분별력이 모두 자네 손에 달려 있네. 오늘 밤 자네가 내 부탁을 거절한다면 나는 끝장일세. 이렇게 거창하게 서두를 늘어놓아 자네는 내가 뭔가 꺼림칙한 일을 부탁하려는 모양이라고 생각할지도 모르겠네. 판단은 자네가 내리게.

아무리 중요한 약속이 있더라도 오늘 밤만큼은 모두 뒤로 미뤄주었으면 하네. 황제를 진찰하러 오라는 연락을 받더라도 말일세. 만약 자네 마차가 현관 앞에 대기하고 있지 않거든 합승 마차를 불러 타고서라도 곧장 내 집으로 와주게. 그리고 참고해야 하니 이 편지를 가지고 오게나. 우리 집 집사인 풀에게도 일러두었네. 열쇠공과 함께 자네를 기다리고 있을 걸세. 도착하는 대로 내 서재 문을 열라고 하게. 방에는 자네 혼자 들어가야 하네. 왼쪽에 있는 유리 책장(E열)을 열고, 만일 잠겨 있다면 부수게. 위에서 네번째 서랍 또는 (같은 얘기지만) 밑에서 세번째 서랍을 안에 내용물이 있는 상태

그대로 통째로 들어내게. 정신이 너무 산란해 혹시 자네에게 위치를 잘못 가르쳐주고 있지는 않은지 불안해 죽을 지경이라네. 그렇더라도 내용물을 보면 맞는 서랍인지 아닌지 알 수 있을 걸세. 안에는 가루약, 유리병, 공책 한 권이 들어 있네. 그 상태 그대로 정확히 그 서랍을 가지고 캐번디시 광장의 자네 집으로 돌아가주게.

이게 내 첫번째 부탁일세. 이제 두번째 부탁을 말하겠네. 자네가 이 편지를 받는 대로 곧장 출발한다면 자정이 되기 훨씬 전에 돌아올 수 있을 걸세. 내가 그만큼 시간 여유를 두는 것은 예측할 수도 없고 예방할 수도 없는 장애가 혹시라도 나타날까봐 두려워서이기도 하지만, 자네 집 하인들이 모두 잠든 시간에 그 뒷일을 처리하는 게 좋을 듯해서일세. 그래서 말인데, 자정이 되면 자네 혼자 진찰실에 있어주게. 그러면 내 이름을 대고 한 남자가 찾아갈 테니 자네 손으로 직접 안으로 들여 내 서재에서 가져다놓은 서랍을 그 사람에게 건네주게. 그럼 자네가 할 일은 모두 끝난 셈이고, 나는 진심으로 자네에게 고마워할 걸세. 자네가 굳이 무슨 영문인지 알아야겠다면 5분만 기다리게. 이 절차들이 얼마나 중요한지 알게 될 테니. 내 부탁이 아무리 터무니없어 보인다 해도 그중 하나라도 소홀히 했다가는 나는 죽음을 맞이하거나 분별력을 완전히 잃을지도 모르고, 그러면 자네는 양심의 가책으로 괴로워하게 될지도 모르네.

자네가 이러한 부탁을 가볍게 여길 리가 없다고 굳게 믿으면서도, 만에 하나 그럴 가능성도 있다고 생각하니 가슴이 철렁 내려앉고 손이 떨린다네. 이 시간에도 낯선 곳에서 암흑처럼 어두운 고뇌에 시달리고 있을 나를 생각해주게. 그러나 자네가 내 부탁을 정확히 들어주기만 하면 나의 고통은 옛날 이야기가 될 걸세. 친애하는 래니언, 내 부탁을 들어주어 부디 나를 구해주게나.

자네의 벗,

H. J.

추신—편지를 다 쓰고 보니 새로운 걱정거리가 떠오르는군. 우체국 사정이 여의치 않으면 이 편지가 내일 아침에야 자네 손에 들어갈 수도 있네. 그럴 경우 내일 낮 자네가 제일 편한 시간에 내 부탁을 처리해주게. 그리고 자정에는 내가 보내는 사람을 또 한 번 맞아주게. 그때는 이미 너무 늦을지도 모르겠지만. 만약 내일 밤 아무 일 없이 그냥 지나가거든 헨리 지킬은 두 번 다시 보지 못하는 걸로 알고 있게나.

편지를 읽고 나는 이 친구가 미쳤다고밖에는 달리 생각할 수 없었네. 하지만 그렇다는 확증이 없는 이상 그의 부탁을 들어주어야 할 것 같았네. 이 터무니없는 상황에 대해 아는 바가 거의 없다보니 사안의 중요성을 판단할 입장이 못 되었기 때문이지. 게다가 그의 호소가 어찌나 간곡한지 막중한 책임감을 느껴 도저히 물리칠 수가 없었네. 그래서 부탁대로 자리를 털고 일어나 마차를 타고 곧장 지킬의 집으로 향했네. 아니나 다를까, 집사가 기다리고 있더군. 집사도 나처럼 지시 사항이 적힌 등기 우편을 받고 그 즉시 열쇠공과 목수를 부르러 사람을 보내둔 상태였네. 집사와 이야기를 나누고 있으려니 그 둘이 나타나더군. 곧이어 우리는 지금은 고인이 된 덴먼 박사의 외과학 강의실 건물로 자리를 옮겼네. (자네도 잘 알다시피) 지킬의 서재로 들어가기엔 그곳이 가장 편리했기 때문일세. 문은 매우 단단했고, 잠금쇠는 훌륭하기가 이루 말할 수 없었네. 목수 말이 억지로 열려고 들면 힘도 많이 들뿐더러 문도 손상될 거라고 하더군. 열쇠공도 거의 포기 상태였고. 하지만 손재주가 좋은 사람인지 두 시간을 씨름한 끝에 결국 문을 열더군. 책장은 잠겨 있지 않았네. 그 친구가 말한 서랍을 빼내 짚으로 채운 다음 보자기에 싸서 집으로 가져왔네.

그리고 내용물을 살펴보았네. 가루약은 깔끔하게 포장되어 있긴 했지만 약사의 정묘한 솜씨만큼은 아닌 점으로 보아 지킬이 직접 조제한 게 분명했네. 그중 한 첩을 꺼내 펼쳐보니 그저 하얀 염류 결정 같은 게 들어 있더군. 다음으로 유리병을 관찰했는데, 피처럼 붉은 액체가 반쯤 차 있었네. 냄새를 맡아보니 코를 톡 쏘는 게 일종의 휘발성 에테르와 인을 함유하고 있는 듯했네. 다른 성분은 전혀 짐작할 수 없었네.

공책은 흔히 볼 수 있는 종류로 날짜만 죽 적혀 있을 뿐 거의 비어 있었네. 그런데 날짜가 몇 년에 걸쳐 계속 이어지다 한 1년 전쯤에서 갑자기 중단되었더군. 날짜가 있는 면에는 군데군데 간단하게 뭔가 적혀 있었지만 대개 한 단어를 넘지 않았네. 총 몇백 개가 넘는 기입 내용 중에 '두 배'라는 말이 여섯 번 정도 나왔고, 기록을 시작한 거의 첫 부분에는 감탄부호를 여러 개 붙인 '완전 실패!!!'라는 어구도 있었네. 이 모두가 나의 호기심을 자극하긴 했지만 결정적인 단서는 아무것도 없었네. 붉은색 액체가 들어 있는 약병과 종이에 싼 염류 결정, (지킬의 연구가 대개 그렇듯이) 아무짝에도 소용이 닿지 않는 실험 기록이 전부였네. 내 집에 갖다놓으라고 해서 갖다두긴 했지만 이런 물건들이 어떻게 저 종잡을 수 없는 친구의 명예와 온전한 정신과 생명을 좌우할 수 있단 말인가? 심부름꾼을 이리로 보낼 수 있다면 어째서 자기 집에는 보낼 수 없단 말인가? 그리고 아무리 장애가 있다고 한들 어째서 내가 그 사람을 아무도 모르게 몰래 맞아야 한단 말인가? 생각하면 할수록 내가 정신병자 놀음에 놀아나고 있다는 확신이 들더군. 그만 가서 자라고 하인들을 모두 물리긴 했지만 만약의 사태에 대비해 자구책으로 오래된 권총에 총알을 재어두었네.

자정을 알리는 종소리가 런던 하늘에 울려 퍼지기가 무섭게 매우 조심스럽게 문을 두드리는 소리가 났네. 나가보았더니 웬 작은 사내가 현관 기둥에 기대어 웅크리고 있었네. 지킬 박사가 보내서 왔느냐고 묻자 마지못해하면서 그렇다고 대답하더군. 그래서 안으로 들어오라고 청했더니 내 말엔 아랑곳하지 않고 등 뒤의 컴컴한 도로를 흘끔거리며 살피지 뭔가. 마침 경찰관 한 명이 손전등을 켜들고 다가오고 있었는데, 그 모습을 보더니 사내는 그제야 움직이더군. 몹시 허둥대면서 말일세.

솔직히 이처럼 이상한 행동거지에 찜찜한 생각이 들어 그자를 앞세우고 진찰실로 들어오는 내내 언제라도 쏠 수 있도록 권총에 손을 갖다 대고 있었네. 진찰실의 환한 불빛 아래서 마침내 그자를 제대로 볼 수 있었네. 아까도 얘기했듯이 체구가 작더군. 그런데 말일세, 그자를 보는 순간 나는 흠칫 놀라지 않을 수 없었네. 소름 끼치는 얼굴 표정도 표정이었지만 몸은 쇠약해 보이는데도 근육은 몹시 힘차게 움직인다는 점이 그랬네. 그리고 온몸에서 뿜어내는 그 기운, 왠지 모르게 사람을 기분 나쁘게 만드는 그 기운이라니! 그자를 마주하고 있으려니 오한 초기 증세처럼 으슬으슬해지면서 맥박이 급격히 떨어지는 게 느껴졌네. 그 당시에는 증상이 심해서 좀 의아했을 뿐 나만의 특이한 혐오감 때문에 그런가보다고 생각했네. 하지만 그 후 나는 그 이유가 인간의 본성 저 깊은 곳에 자리한, 증오의 원리를 뛰어넘는 어떤 본질에서 오는 것이라고 확신하게 되었네.

그 남자(들어오는 순간부터 혐오스러운 호기심이라고밖에는 표현할 수 없는 느낌을 심어준)는 사람들의 웃음거리가 되기에 딱 좋은 옷차림을 하고 있었네. 말하자면 고급스러운 천으로 만든 옷이긴 한데 어느 모로 보나 그자에겐 너무 컸네. 헐렁한 바지는 끌리지 않게 밑단을 접어 올렸고 외투

허리는 엉덩이 아래까지 내려온 데다 깃은 어깨 양쪽으로 넓게 벌어져 있었네. 하지만 이상하게도 이런 우스꽝스러운 옷차림을 보고도 전혀 웃음이 나오지 않았네. 오히려 이런 불균형은 나와 마주한 그 남자의 정수에서 뿜어져 나오는 기이하면서 불쾌한 느낌, 사람을 꼼짝 못하게 사로잡으면서 역겹게 만드는 그 무언가와 잘 어울리는 듯했네. 그래서인지 그 남자의 본성과 성격뿐만 아니라 출신, 생활, 재산, 지위까지 궁금해지더군.

써놓고 보니 꽤 길긴 하지만 이러한 관찰에는 불과 몇 초밖에 걸리지 않았네. 방문객은 어두운 흥분으로 몹시 들떠 있었네.

"가져왔소? 가져왔소?" 그자가 소리쳤네. 어찌나 조바심을 치던지 내 팔을 잡고 흔들려고까지 하더군.

그자의 손길이 닿는 순간 얼음처럼 차가운 냉기가 혈관을 타고 흐르는 것 같아 나는 얼른 뿌리쳤네.

"잘 오셨습니다. 그런데 인사부터 나누는 게 순서가 아닐는지요. 우선 앉으십시오."

나는 이렇게 말한 후, 늘 앉는 의자에 먼저 앉아 보이며 평소 환자를 대할 때의 태도를 취했네. 하지만 밤도 으슥한 데다 내가 맡은 일의 성격, 또 방문객에 대한 두려움 때문에 태연한 척하기가 쉽지 않았네.

"죄송합니다, 래니언 박사님." 그자가 매우 공손하게 대답하더군. "옳으신 말씀입니다. 마음이 급한 나머지 제가 그만 결례를 범했습니다. 저는 박사님 동료이신 헨리 지킬 박사의 부탁을 받고 중요한 용무로 이렇게 찾아뵈었습니다. 제가 알기로……"

그자는 이야기를 멈추고 목에 손을 갖다 댔는데, 그래서 겉으로는 침착해 보이는 태도이지만 실은 병적인 흥분 상태를 간신히 억누르고 있다는 걸 알 수 있었네.

"제가 알기로는 서랍이……"

그런데 이쯤에서 방문객의 안절부절못하는 모습에 한편으로는 딱한 생각이 들면서 또 한편으로는 호기심이 일더군.

"저기 있소이다." 여전히 보자기에 싸인 채 탁자 뒤 마룻바닥에 놓여 있는 서랍을 가리키며 내가 말했네.

그자는 벌떡 일어나 서랍 쪽으로 달려가더니 잠시 동작을 멈추고 가슴에 손을 갖다 대더군. 턱을 어찌나

떨어대는지 이 부딪는 소리가 내 귀에까지 들렸네. 얼굴은 또 송장처럼 하얗게 질려서는 저러다 정신을 잃거나 목숨을 놓는 건 아닌지 걱정되지 뭐겠나.

"진정하시오." 내가 말했네.

그자는 나를 돌아다보며 소름 끼치는 미소를 지어 보이더니 될 대로 되라고 결심한 듯 보자기를 홱 잡아당기더군. 내용물을 보자 몹시도 안도한 듯 크게 흐느끼는데, 나는 너무 놀라 앉은 자리에서 돌처럼 굳고 말았네. 다음 순간 꽤 진정된 목소리로 그자가 묻더군.

"눈금이 매겨진 유리 시험관 있습니까?"

나는 겨우 자리에서 일어나 시험관을 갖다주었네.

그자는 웃음 띤 얼굴로 고개를 숙여 고맙다고 인사한 후 붉은색 용액을 몇 방울 덜어 분량을 재더니 가루약 한 첩과 섞더군. 처음에 불그스름하던 혼합물은 곧이어 결정이 녹으면서 점차 밝은 색을 띠더니 부글부글 거품을 내며 끓어올랐고, 연기도 약간 내뿜었네. 그와 동시에 끓어오르는 현상이 갑자기 멈추면서 혼합물이 짙은 자줏빛을 띠나 싶더니 다시 서서히 엷어지면서 연두색으로 바뀌더군. 그사이 방문객은 이러한 변화를 하나라도 놓칠세라 뚫어지게 지켜보더니 미소를 지으며 시험관을 탁자 위에 올려놓았네. 그러고는 고개를 돌려 마치 탐색하듯 나를 쳐다보더군.

"그럼 이제 남은 일을 마저 처리해야겠군. 현명해지고 싶지 않소? 가르

쳐드리리까? 내가 이 유리 시험관을 가지고 더이상 아무 설명 없이 이 집을 나가도 괜찮겠소? 아니면 호기심이라는 탐욕에 지배당하고 있진 않소? 잘 생각해보고 대답하시오. 선생이 결정하는 대로 될 테니. 원한다면 선생은 예전 모습 그대로 남아 있을 수 있소. 더 부자가 되지도, 더 현명해지지도 못한 채 말이오. 물론 끔찍한 괴로움에 시달리던 한 남자를 도와주었다고 생각하면 영혼이 풍요로워질 수는 있겠지만. 아니면 선생의 선택에 따라 새로운 지식의 영역이, 명예와 권력에 이르는 새로운 길이 선생 앞에 펼쳐질 수도 있소. 여기 이 방에서 지금 당장 말이오. 한 천재가 선생의 시야를 활짝 열어 악마에 대한 불신을 무너뜨리는 모습을 보고 싶다면 주저 말고 말하시오.”

“이보시오.” 나는 짐짓 아무렇지도 않은 척 말했지만 실은 전혀 그렇지 못했네. “수수께끼 같은 말씀을 하시는구려. 내가 그 말을 믿을 것 같소? 하지만 도무지 영문을 알 수 없는 일에 이렇게 깊이 개입한 이상 나도 끝을 봐야겠소.”

“좋소. 약조하시오, 이제부터 일어나는 일은 우리의 직업을 걸고 비밀에 부치겠다고 말이오. 선생은 너무도 오랫동안 편협하고 물질적인 시각에만 얽매여 경험을 초월한 의학의 미덕을 부정해왔소. 자신보다 뛰어난 사람들을 비웃으면서. 하지만 이제 똑똑히 보시오!”

그러고는 시험관을 입으로 가져가 단숨에 꿀꺽 들이켜더군. 곧이어 비명이 터져 나왔지. 그러더니 온몸을 비틀어대며 탁자를 거머쥐고는 금세라도 튀어나올 듯 부릅뜬 눈으로 앞을 노려보면서 입을 벌린 채 헐떡였네. 그 모습을 보면서 난 어떤 변화가 일어난다고 생각했지. 그러니까 그자가 부풀어오르는 듯했네. 얼굴이 갑자기 시커멓게 변한 가운데 이목구비가 녹아들면서 달라지는 것처럼 보였네. 다음 순간 나는 자리에서 벌떡 일어나 벽 쪽으로 물러서고 말았네. 그 자칭 천재로부터 나를 지키려고 팔을 번쩍 들어올렸지만 마음은 온통 공포에 휩싸여 있었지.

"하느님 맙소사!" 나는 거듭 비명을 질렀네. "하느님 맙소사!"

창백한 얼굴로 온몸을 와들와들 떨며 반쯤 실신한 채 죽음에서 깨어난 사람처럼 손으로 앞을 더듬으며 누가 서 있었는지 아는가? 바로 헨리 지킬이었네!

그러고 나서 그가 한 시간에 걸쳐 들려준 말은 도저히 여기 옮길 수가 없네. 내 눈으로 직접 보고, 내 귀로 직접 들었네. 그 때문에 내 영혼은 병이 들고 말았다네. 하지만 그 광경이 내 눈앞에서 사라진 지금 내가 보고 들은 것을 과연 믿는지 자문해보지만 쉽게 대답할 수가 없네. 지금까지 살아온 삶이 송두리째 흔들리면서 잠 한숨 자지 못했고, 그 무시무시한 공포가 밤낮으로 내 곁에 앉아 떠나질 않네. 살날이 얼마 남지 않은 것 같네. 난 곧 죽게 될 걸세, 그것도 회의 속에서 말일세. 내게 털어놓으면서 아무리 참회의 눈물을 흘렸다 할지라도 그 인간이 저지른 악행은 기억 속에서조차 그

저 떠올리기만 해도 두려워진다네.

어터슨, 한 가지만 얘기하겠네. (자네가 내 말을 믿어준다면) 이 한 마디
로도 충분할 걸세. 그날 밤 내 집에 기어든 그자는, 지킬의 고백에 따르면,
커루의 살인범으로 이 땅 구석구석에서 수배받고 있는 하이드라는 자였네.

헤이스티 래니언

헨리 지킬의 최후 진술

　나는 18××년 유복한 집안에서 태어났네. 게다가 뛰어난 신체를 타고났고 천성이 부지런한 데다 현명하고 선량한 성격의 사람들과 어울렸지. 짐작하겠지만 그런 만큼 전도유망한 미래가 보장되어 있었네.

　그런데 나의 가장 큰 단점은 쾌락을 밝히는 기질이었네. 그러한 기질은 많은 사람을 행복하게 하지만, 사람들 앞에서 고개를 꼿꼿이 쳐들고 근엄한 표정을 지어 보이며 잘난 척하고 싶어하는 오만한 욕망을 지닌 나 같은 사람에게는 어울리지 않는 것이었네. 그리하여 나는 그런 성향을 숨기게 되었고, 지나온 세월을 반성하는 연배에 이르러 내 주변을 돌아다보며 세상에서의 나의 성취와 지위를 가늠하기 시작했을 무렵에는 이미 이중 생활

에 깊이 빠져 있었네.

개중에는 내가 양심의 가책을 느끼는 이런 난잡한 행실을 자랑인 양 떠벌리는 사람도 많을 걸세. 하지만 나는 스스로 정해놓은 고결한 가치관의 기준으로 판단했고, 그때마다 거의 병적인 수치감에 사로잡혀 나의 치부를 숨겼네. 나를 지금과 같이 만든 요인, 다시 말해 인간이 지니는 이중성을 갈라놓기도 하고 화해시키기도 하는 선과 악이라는 영역 사이의 골이 내 경우에 다른 사람들보다 유달리 깊이 파인 채 각기 따로 놀게 된 요인은 내게 특별히 나쁜 결점이 있어서라기보다는 오히려 내가 지향하는 목표가 가차 없이 엄격했기 때문일세. 사정이 이렇다보니 종교의 근간이기도 하면서 무수한 고통의 원천 중 하나이기도 한 이 엄혹한 삶의 법칙을 뿌리 깊이 파고들지 않을 수 없었네.

나는 비록 철저히 이중 생활을 하고 있긴

했지만 그렇다고 위선자는 결코 아니었네. 나의 두 가지 모습 모두 진실했다는 얘길세. 자제심을 밀쳐놓고 부끄러운 짓에 빠져들 때의 나 또한, 환한 대낮에 지식의 증진이나 슬픔과 고통의 경감에 힘쓸 때의 나처럼 나의 본모습이었네.

그런 가운데 전적으로 불가사의하고 초월적인 방향으로 흐르던 나의 과학 연구가 마침 성과를 거두어 나의 동료 인간들이 겪는 이 끝없는 전쟁에 대한 통찰력에 크나큰 빛을 던져주었지 뭔가. 덕분에 나는 내 지성의 두 측면을 이루는 도덕과 이지를 통해 하루가 다르게 진리에 가까이 다가갈 수 있었네. 그리고 전체에 비하면 일부에 불과한 그 발견, 인간은 진정 하나가 아니라 둘이라는 그 발견 때문에 나는 무시무시한 파멸을 맞이하는 운명에 처하고 말았던 걸세. 내가 둘이라고 말하는 이유는 현재 나의 지식 수준으로는 그 이상을 넘어서지 못하기 때문일세. 이 점과 관련해 나를 따르는 사람들도 있을 테고, 그러다보면 언젠가는 나를 앞서는 사람들도 나올 것이라고 생각하네. 그리하여 인간은 결국 다양하고 모순된 인자가 각기 따로 모여 형성된 총합에 불과하다는 점이 알려지지 않을까 하고 감히 추론해본다네.

나의 경우 내 삶은 성격상 한 방향으로만, 오로지 한 방향으로만 나아갔네. 도덕의 측면에서, 그리고 나라는 인간을 통해 나는 철저하고도 타고난 인간의 이중성을 인식하게 되었네. 나의 의식 속에서 갈등을 일으키는 두

가지 본성 중 어느 쪽도 모두 나라는 생각이 들더군. 비록 그중 어느 한쪽을 선택하는 게 옳다고 하더라도 그렇게 생각했던 이유는 나는 본디 그 둘 다이기 때문이었지.

일찍부터, 그러니까 나의 과학 연구가 비로소 성과를 거두기 시작하여 어쩌면 그런 기적 같은 일이 정말 일어날지도 모른다는 가능성에 주목하기 훨씬 이전부터 나는 공상 삼아 이 두 가지 요소를 분리하는 생각에 빠져들곤 했네. 만약 이 두 요소를 각기 다른 실체에 담아 분리해낼 수 있다면 인간은 참기 힘든 그 모든 고통에서 해방될 수 있을 듯했지. 부조리한 반쪽은 좀더 고결한 반쪽의 드높은 포부와 양심의 가책에서 벗어나 제 갈 길을 가면 될 터였고, 올바른 반쪽은 서로 완전히 다른 이 악한 본성이 저지르는 수치스러운 짓에 더이상 괴로워할 필요 없이 기쁘게 선행을 베풀며 스스로 옳다고 생각하는 길을 흔들림 없이 착실하게 걸어가면 되지 않을까 싶었네. 이처럼 모순되는 두 요소가 하나로 묶여 있다는 것은, 번민하는 의식 저 깊은 곳에서 서로 극과 극인 쌍둥이가 계속 갈등을 빚어야 한다는 것은 인류가 짊어진 저주가 아닐 수 없었네. 그렇다면 그 둘을 어떻게 분리해야 할까?

이런 생각을 하던 차에 앞서 말했듯이 실험실 탁자에서 뜻밖에 한 줄기 빛이 비치기 시작했네. 결국 나는 우리가 걸치고 다니는 이 육체는 언뜻 매우 견고해 보이지만 실은 실체도 없고 안개처럼 덧없는 것이라는 인식에 그 어느 때보다도 깊이 도달했네. 내가 발견한 약제에는 마치 바람이 천막을 홱 뒤집어놓듯 육체라는 껍질을 흔들어대며 채가는 힘이 있었지. 하지만 아무리 고백하는 마당이라고는 해도 과학적으로 자세한 부분에 대해서는 더이상 깊이 들어가지 않기로 하겠네. 그 이유는 두 가지 때문일세. 첫째, 우리 인간은 삶이라는 버거운 짐을 영원히 두 어깨에 짊어지고 갈 수밖에 없다는 점을, 벗어나려고 하면 할수록 그 짐은 더욱 낯설고 끔찍한 무게로 다가온다는 점을 깨달았기 때문일세. 둘째는 내 이야기를 들어보면 너무도 자명해질 테지만 아아! 나의 발견이라는 게 불완전했기 때문일세. 나는 육체란 영혼을 구성하는 힘이 뿜어내는 신비한 기운 혹은 광채라는 것을 인식하는 데 머물지 않고 그 힘을 최고의 지위에서 끌어내려 제2의 모습으로, 내 영혼의 저열한 요소를 그대로 드러내는 모습으로 대체하는 약을 조제하기에 이르렀네.

이 이론을 실제 실험으로 옮기기에 앞서 나는 오랫동안 망설였네. 목숨이 걸려 있는 문제였기 때문이지. 어떤 약이든 정체성의 핵심을 지배하고 뒤흔들 만큼 강력한 효능을 지닐 경우 극히 적은 양이라도 과용하거나 복용 시간을 조금만 어겨도 변신을 꾀하려는 이 실체 없는 육체를 영원히 파괴할 수도 있었네. 하지만 너무도 특이하고 심오한 발견 앞에서 나는 유혹을 이기지 못하고 결국 위험을 감수하기로 했네.

물약은 오래전에 준비해둔 터라 그 길로 한 약품 도매상에서 염류를 다량으로 구입했네. 실험 과정에서 약 조제에 필요한 마지막 성분으로 판명된 염류였지. 그리고 어느 저주받은 날 밤 약제를 모두 유리관에 넣고 골고루 섞었네. 잠시 후 유리관 속의 내용물이 부글부글 끓어오르며 연기가 피어올랐네. 나는 그 모습을 지켜보다가 끓는 게 가라앉자 용기를 끄집어내어 그 약을 단숨에 마셔버렸네.

이루 말할 수 없이 극심한 고통이 뒤따랐네. 뼈가 으스러지는 듯한 격심한 고통과 지독한 구역질에 이어, 태어나거나 죽음을 맞이하는 순간보다 더하면 더했지 덜하지 않을 것 같은 영혼의 공포가 엄습했지. 그러고 나서 이런 고통이 빠르게 가라앉더니 마치 큰 병을 앓다 회복된 듯 의식이 돌아왔네. 감각이 낯설고도 뭐라고 말할 수 없이 새로웠고, 그런 새로운 느낌 때문인지 믿을 수 없을 만큼 기분이 좋았네. 몸이 전보다 더 젊어지고, 가뿐해지고, 행복해진 느낌이었지. 무엇을 하든 거칠 게 없을 듯한 기분이 마구 들면서 난잡하고 음탕한 생각들이 물방아를 돌리는 개울물처럼 콸콸 흘러 나왔네. 그런 가운데 책임감이라는 멍에가 스르르 녹아 없어지고 영혼이 날아갈 듯 자유롭게 느껴졌지. 그 자유의 느낌은 뭐라고 설명할 순 없지만 어쨌든 순수함과는 거리가 멀었네. 이 새로운 생명이 첫 호흡을 토해내는 순간 나는 내가 사악해졌다는 것을, 열 배는 더 사악해졌다는 것을, 나의 악한 본성에 노예로 팔렸다는 것을 알 수 있었네. 그리고 그런 생각은 포도주처럼 기분 좋게 나를 감싸 안았네. 나는 이 새로운 기분에 취해 두 팔을 있는 대로 활짝 벌렸지. 그러다 문득 내 몸이 줄어들었다는 것을 깨달았네.

그 당시에는 내 방에 거울이 없었네. 이 글을 쓰는 지금 내 옆에 서 있는 거울은 순전히 이러한 신체의 변화를 비춰보려는 목적에서 나중에 들여놓은 것일세. 어쨌든 밤은 이미 기울어 아침을 향해 줄달음치고 있었네. 아직 캄캄하긴 했지만 아침이 하루의 시작을 예고하며 거의 무르익어갈 시간이었지. 집 안 사람들은 모두 깊이 잠들어 있었네. 나는 희망과 승리감에 잔뜩 들떠 그 새로운 모습으로 내 침실까지 가보기로 마음먹고는 우선 안마당을 가로질렀네. 그때까지도 잠들지 않고 밤하늘을 지키고 있던 별들이 나를 내려다보더군. 내 생각일 뿐일 수도 있겠지만 별들도 생전 처음 보는 이 새로운 종류의 생명체에 놀라는 것 같았네. 나는 내 집의 침입자가 되어 복도를 살금살금 지나 내 방으로 왔지. 그리고 그곳에서 처음으로 에드워드 하이드의 모습을 보았네.

나는 여기서 이론으로밖에는, 다시 말해 내가 알고 있는 것이 아니라 내가 생각하기에 가장 그럴듯한 것밖에는 말할 수 없네. 내가 방금 끌어낸 내 본성의 악한 부분은 역시 내가 막 없애버린 선한 부분에 비해 힘도 약하고 발육 상태도 떨어졌네. 다시 한번 말하건대 이제까지의 내 삶 가운데 9할은 노력과 미덕, 절제가 차지하고 있었기 때문에 악한 본성이 활동할 기회가 훨씬 적었고 그런 만큼 기운을 쓸 일도 훨씬 적었네. 내 생각에는 그래

서 에드워드 하이드가 헨리 지킬보다 훨씬 더 작고, 호리호리하고, 젊은 모습을 띠게 되지 않았을까 싶네. 지킬의 얼굴에서 선한 기운이 빛났다면 하이드의 얼굴에는 악한 기운이 뚜렷이 드러나 있었지. 이 밖에도 악은(지금도 나는 악이 인간의 치명적인 면이라고 굳게 믿고 있네) 육신에 기형과 타락의 흔적을 새겨놓았네. 그럼에도 거울에 비친 그 추한 형상을 본 순간 혐오감은커녕 오히려 반가운 생각이 왈칵 들었네. 그 모습 역시 나였네. 당연히 인간적으로 보였지. 내 눈에는 그 모습이 더욱 활기찬 정신을 담고 있었고, 내가 여태까지 내 것이라고 불러왔던 불완전하고 분열된 모습보다 훨씬 더 생기 넘치고 온전해 보였네. 그리고 그런 내 생각은 적어도 그때까지는 의심의 여지 없이 옳았네. 에드워드 하이드의 외양을 하고 있으면 내 곁에 다가오는 사람은 누구든 먼저 몸부터 떨어댔지. 나는 그 이유가 우리가 만나는 인간은 모두 선과 악이 섞여 있는 존재인 데 비해, 온 인류를 통틀어 유독 에드워드 하이드만 순수한 악 그 자체였기 때문이라고 생각하네.

내가 거울 앞에서 미적거린 시간은 그리 길지 않았네. 아주 중요한 두번째 실험이 남아 있었기 때문이지. 나의 정체성을 영원히 상실해 더이상 내 집이 아닌 집에서 날이 밝기 전에 도망쳐야 할지 말아야 할지를 확인해야 했으니까. 나는 서둘러 서재로 돌아와 다시 한번 약을 준비해 마셨네. 다시 한번 끔찍한 고통이 지나가고 나는 헨리 지킬의 인격과 체격과 얼굴을 지닌 나 자신으로 다시 돌아왔네.

알고 보니 그날 밤 나는 운명의 갈림길에 서 있었네. 만약 내가 좀더 고귀한 정신으로 내 발견에 접근했더라면, 아무런 사심 없이 경건한 목표 아래 실험에 임했더라면 모든 게 달라졌을 걸세. 그랬더라면 죽음과 탄생의 고통을 통해 나는 악마가 아니라 천사가 되어 있었겠지. 약 자체에는 판단 기능이 없네. 약에는 마성도 신성도 없다 이 말일세. 약은 다만 내 기질을 가두고 있던 감옥의 문을 흔들어놓았을 뿐이네. 그런데 그 안에 있던 게 빌립보의 죄수들처럼 밖으로 뛰쳐나왔던 게지.* 그때 나의 선은 잠들어 있었고, 야심에 차 깨어 있던 나의 악이 그 틈을 이용해 기민하고 신속하게 기회를 움켜잡았네. 그래서 튀어나온 것이 에드워드 하이드일세. 그리하여 나는 외모뿐만 아니라 인격도 두 개를 지니게 되었네. 하나는 완전히 악인이고 또 하나는 여전히 헨리 지킬이었지만 그 전부터 나는 개조나 개선이 불가능한 이 모순 덩어리 존재에 절망하고 있었네. 그러다보니 일은 점점 더 나쁜 쪽으로 진행될 수밖에 없었지.

그 당시에도 나는 무미건조한 연구 생활을 못내 지겨워하고 있었네. 지겨운 나머지 때로 신나게 놀아보고 싶다는 생각이 여전히 고개를 쳐들었지. 내가 추구하는 쾌락은 (아무리 좋게 말한다 해도) 점잖지 못했던 데 비

---

* 빌립보 감옥에 갇혀 있던 바울로와 실리가 한밤중에 기도를 드리자 갑자기 큰 지진이 일어나 감옥을 기초부터 흔들어 옥문이 열렸다는 성경 대목에서 인용. 사도행전 16장 25~27절 참조.

해 나는 유명 인사에다 사회적으로도 꽤 존경받는 위치에 있었네. 게다가 나이를 먹을수록 이런 모순된 생활이 점점 못마땅하게 여겨졌네. 그런 가운데 내가 새로 얻은 힘은 견디기 힘든 유혹으로 다가왔고, 결국 나는 그 힘의 노예가 되고 말았네. 약을 한 잔 들이켜기만 하면 그 자리에서 나는 저명한 교수의 육신을 벗어버리고 하이드의 육신을 두꺼운 망토처럼 두를 수 있었으니까. 그런 생각을 하자 절로 미소가 나오더군. 그때만 해도 재미있을 듯했네. 나는 최대한 신중하게 준비를 해나갔네. 먼저 경찰이 하이드를 잡으러 찾아갔던 소호의 그 집을 구해 가구를 들여놓았네. 가정부는 입은 무거우면서 사악해 보이는 여자로 구했네. 또 한편으로 광장 집 하인들에게는 하이드의 인상착의를 알려주고 그가 내 집을 드나들며 뭘 하든 상관하지 말라고 일러두었네. 그리고 혹시 모를 불상사를 막기 위해 하이드의 모습으로 찾아가 내 얼굴을 익히게 했네. 그러고 나서 자네가 그토록 반대한 유언장을 작성했네. 지킬 박사로 있을 때 내게 무슨 일이 생기더라도 금전상의 손실 없이 에드워드 하이드 손에 모두 들어가게 하기 위해서였지. 이렇게 모든 점에서 생각했던 대로 철저히 대비책을 세워둔 후 나는 이 기이한 면책 상황을 즐기기 시작했네.

이전부터 사람들은 범죄를 저지를 때 돈을 주고 악당을 고용해 자신과 자신의 명예를 보호해왔지. 그런데 오로지 자신의 쾌락을 위해 그렇게 한 사람은 내가 처음이었네. 세상 사람들이 보는 앞에서는 짐짓 점잖은 척 행

동하다가 악동처럼 한순간에 그런 거추장스러운 옷을 벗어던지고 자유의 바다로 곧장 뛰어들 수 있는 사람은 내가 처음이었다 이 말일세. 그 무엇도 뚫고 들어올 수 없는 나만의 망토를 두르고 있는 한 나의 안전은 완벽했네. 생각해보게. 나는 어디에도 없는 존재라는 것을! 실험실 문 안으로 숨어 들어가 늘 준비해둔 약을 섞어 삼킬 단 몇 초의 시간만 있으면 무슨 짓을 저질렀든 에드워드 하이드는 거울에 서린 입김처럼 사라지고, 대신 어떤 의혹도 비웃을 수 있는 헨리 지킬이 자기 집 서재에서 조용히 등잔 심지를 손질하고 있으리라고 그 누가 상상이나 할 수 있겠나.

변한 모습으로 내가 서둘러 찾고자 했던 쾌락은 앞서 말했듯이 점잖지 못한 정도에 머물렀을 뿐이네. 그보다 더 심한 말은 쓰고 싶지 않네. 하지만 하이드의 손에 들어가자 곧 극악무도한 쪽으로 치우치기 시작했네. 이러한 일탈에서 돌아오고 나면 하이드의 모습일 때 저지른 악행 때문에 회의에 빠져든 적이 사실 한두 번이 아니었네. 나 스스로 내 영혼에서 불러내어 내키는 대로 마음껏 행동하게 내버려둔 이 하이드라는 자는 타고난 악인이었네. 행동에서나 생각에서나 저밖에 몰랐고, 다른 사람을 괴롭히면서 짐승처럼 기뻐 날뛰었으며, 돌로 빚은 사람처럼 냉혹하기가 이루 말할 수 없었지.

헨리 지킬은 에드워드 하이드가 저지르는 행동 앞에서 때로 몸서리를 치기도 했네. 하지만 상황이 일반 법망에서 벗어나 있었던 만큼 자기도 모르는 사이에 양심의 가책이 느슨해지더군. 어쨌든 죄를 지은 사람은 하이드, 하이드 혼자였으니까. 지킬은 예전 그대로였네. 다시 깨어나보면 그의 선량한 기질은 전혀 손상되지 않고 그대로 있는 듯했네. 기회가 닿는 대로 그는 하이드가 저지른 악행을 한시바삐 돌려놓으려는 노력도 아끼지 않았네. 지킬의 양심은 그렇게 무뎌져갔네.

내가 못 본 척 묵인했던 비행(이런 표현을 쓰는 이유는 아직도 내가 저질렀다고 인정할 수 없기 때문일세)을 시시콜콜히 기록할 생각은 없네. 다만 여러 가지 조짐과 그 이후에 일어난 일련의 사건으로 볼 때 벌을 받을 날이 멀지 않았다는 것을 지적하고 싶을 뿐일세. 어떤 사건과 맞닥뜨렸는데, 그다지 중요한 결과를 초래하지 않았기 때문에 간단히만 언급하겠네.

나는 한 아이에게 잔인한 행동을 저질렀고, 지나가던 사람이 그 모습을 보고 분개했네. 나중에 알고 보니 그 사람은 자네 친척이더군. 의사와 아이의 가족까지 그와 합세하는 바람에 나는 잠시나마 생명의 위협을 느꼈네. 결국 에드워드 하이드는 너무도 당연한 그들의 분노를 달래기 위해 그 문까지 그들을 데리고 가서는 헨리 지킬의 명의로 된 수표를 위로금으로 지불해야 했네. 그 직후 다시는 이런 위험한 일이 재발하지 않도록 에드워드 하이드의 이름으로 다른 은행에 계좌를 개설했네. 하이드 이름으로 서명할 때는 나의 원래 필체에서 기우는 방향을 완전히 달리했고, 그것으로 나는 운명의 손아귀에서 벗어났다고 생각했네.

그러고 나서 댄버스 경이 살해되기 약 두 달 전 일이었네. 나는 모험을 하러 나갔다가 밤이 늦어서야 돌아왔네. 그런데 이튿날 잠에서 깨자 뭔가 이상한 느낌이 들더군. 주위를 둘러보았지만 까닭을 알 수 없었네. 고상한 가구하며 높다란 천장하며 분명히 광장에 있는 내 방이었네. 커튼 무늬하며 마호가니로 짠 틀 모양하며 침대를 봐도 내 방이 틀림없었어. 그런데도 내 방에 있는 게 아니라는 느낌, 내 방에서 깨어난 게 아니라 에드워드 하이드의 육신으로 잠들곤 하던 소호의 작은 방에서 깨어난 것 같다는 느낌이 자꾸만 들지 뭔가. 나는 속으로 피식 웃으며 내 나름의 심리 분석 방법을 동원해 이런 착각에 빠진 이유를 이리저리 따지기 시작했지. 그러는 와중에도 나는 달콤한 아침잠에 깜빡 빠져들었네. 그래도 생각의 끈은 놓지 않았네.

　그렇게 얼마가 지났을까. 정신이 든 순간 내 손에 눈길이 갔네. 헨리 지킬의 손은 (자네가 종종 말했다시피) 모양과 크기가 직업에 걸맞게 큼직하고 튼튼하면서 희고 보기 좋지 않았나. 하지만 내가 지금 보고 있는 손, 런던 시내의 환한 햇살 아래 분명하게 드러난 그 손, 반쯤 주먹 쥔 채 이불 위에 놓인 그 손은 여윈 데다 힘줄이 불거져 나왔고 마디도 굵었네. 게다가 핏기라곤 없이 거무죽죽한 손등은 시커먼 털로 뒤덮여 있었네. 그것은 다름 아닌 에드워드 하이드의 손이었네.

　너무 놀란 나머지 멍한 채로 그 손을 아마 30초는 족히 들여다보았지 싶으이. 그러다 심벌즈가 예고 없이 쾅 울리듯 가슴 속에서 돌연 공포가 깨어나더군. 나는 퉁기듯 침대에서 일어나 거울로 달려갔네. 거울과 눈이 마주친 순간 온몸의 피가 싸늘하게 식는 듯했네. 그랬네, 분명히 헨리 지킬로 잠이 들었건만 에드워드 하이드로 깨어났던 것일세. 이 일을 어떻게 설명해야 할 것인가? 나는 스스로에게 물어보았네. 그러자 또 다른 공포가 밀려들더군. 어떻게 고치지? 날이 밝은 지 오래라 하인들이 모두 일어나 있었네. 약이 있는 서재까지는 만만치 않은 거리였네. 그때 공포에 질린 채 서 있던 내 방에서 서재까지 가려면 계단을 두 층이나 내려가 뒤쪽 복도를 지난 다음 탁 트인 안마당을 가로질러 해부학 강의실을 통과해야 했네. 얼굴을 가린다고 쳐도 달라진 체구는 감출 수가 없는데 그게 무슨 소용이 있나 싶더군. 그러다 문득 하인들은 나의 또 다른 자아가 집을 드나드는 것에 이미 익숙해 있다는 데 생각이 미치면서 안도감이 물밀 듯이 밀려왔네. 곧이어 나는 되도록 몸에 맞는 옷을 찾아 입고 집 안을 빠져나왔네. 그런데 브래드쇼가 그 시간에 그런 차림으로 지나가는 하이드를 보고 빤히 쳐다보다 슬금슬금 뒤로 물러나더군. 그리고 10분 후 지킬 박사는 본래 모습으로 돌아와서는 인상을 찌푸리고 앉아 아침을 먹는 시늉을 하고 있었네.

정말 식욕이 없었네. 설명할 수 없는 이 사건, 이전의 내 경험을 뒤집는 이 반전은 그 옛날 바빌론 왕궁 벽에 나타난 손가락처럼 내가 받을 심판 내용을 한 글자 한 글자 써 내려가는 듯했네. 나는 나의 이중 존재가 안고 있는 문제점과 앞으로의 가능성을 그 어느 때보다도 심각하게 따져보았네. 최근 들어 나의 또 다른 일부가 활동할 기회가 부쩍 늘어나면서 그 부분이 많이 자랐다는 생각이 문득 들더군. 그러고 보니 최근 들어 에드워드 하이드의 체구가 커진 듯했네. 마찬가지로 (그의 몸을 하고 있을 때면) 피도 더 잘 도는 듯 느껴졌네. 만약 이 상태가 더 오래 지속된다면 내 본성의 균형이 영원히 깨져 약을 먹지 않고도 저절로 변하는 일이 많아질 테고, 그렇게 되면 에드워드 하이드의 성격이 내 성격으로 굳어지고 말 위험이 높았네.

약의 효능이 평소와 다르게 나타났던 경우도 더러 있었지. 아주 초기에는 완전히 실패한 적도 있었네. 그때 이후로 복용량을 두 배로 늘려야 했던 적이 여러 번 있었고, 한번은 생명의 위험을 무릅쓰면서까지 세 배로 늘린

적도 있었네. 그래도 여태까지는 어쩌다 가끔 있는 그런 일만 내 마음에 어두운 그림자를 드리웠을 뿐 대체로 만족스런 편이었네. 하지만 오늘 아침 일어난 사건에 비추어볼 때 처음에는 지킬의 육신을 벗어 던지기가 어려웠던 데 비해 요즘에 와서는 점차, 그러나 확실하게 그 반대 현상이 벌어지고 있다는 점에 주목하지 않을 수 없었네. 결국 모든 상황이 하나의 결론으로 모아지는 듯했네. 즉 나는 서서히 원래의 선한 자아를 잃어가고 있었고, 대신 제2의 악한 자아와 결합하고 있었던 걸세.

이제 이 둘 중 어느 한쪽을 택해야 할 때가 온 듯했네. 나의 두 본성은 기억력만 공유하고 있을 뿐 나머지 능력은 모두 판이했네. (선과 악이 공존하는) 지킬은 무척 예민하고 조심스러운 성격이면서도 한편으로는 탐욕스러운 취향도 가지고 있어, 이를 하이드의 쾌락과 모험 속에 투사시켜 그와 함께 나누었네. 반면 하이드는 지킬에게 무관심했네. 좀더 정확히 말하면 산적이 추격을 피해 몸을 숨기곤 하는 동굴을 기억하는 정도로만 그를 기억했지. 지킬이 아버지 이상으로 관심을 보였다면 하이드는 아들 이상으로 냉담했네.

지킬과 운명을 같이하려면 오랫동안 남몰래 탐닉해오다 최근 들어서야 비로소 한껏 채우기 시작한 나의 욕망을 모두 포기해야 했네. 하이드와 운명을 같이하려면 수많은 관심과 열망을 접고 하루아침에, 그리고 영원히 세상의 비웃음을 사면서 친구 하나 없이 살아야 했네. 불공평한 거래처럼 보일 걸세. 하지만 여기에는 고려해야 할 사항이 또 하나 있었네. 다름 아니라 지킬은 절제의 고통에 몸부림쳐야 할 테지만 하이드는 자신이 무엇을 잃어버렸는지조차 의식하지 못할 것이라는 점이었네. 내가 처한 상황이 기묘하기는 하지만 사실 이런 논쟁은 인간의 역사만큼이나 오래되고 진부한 것일세. 이와 똑같은 유혹과 불안이 시험에 빠져 떨고 있는 죄인 앞에 주사위를 던지는 게 어제오늘의 일이 아니지 않은가. 내 앞에 주사위가 던져졌을 때 나의 동료 인간 대다수와 마찬가지로 더 나은 쪽을 선택했지만 나 또한 인간이기에 그것을 지켜나갈 힘이 부족했네.

그렇다네, 나는 비록 현실에 안주하진 못하지만 그래도 친구들에게 둘러싸인 가운데 정직한 희망을 소중히 여기는 노년의 의사 쪽을 택했네. 그리고 하이드의 모습으로 변신해 즐겼던 자유와 젊음, 경쾌한 걸음걸이, 고동치는 맥박과 은밀한 쾌락에 단호히 작별을 고했네.

그런데 이런 선택을 했으면서도 의식하지 못했을 뿐 은연중에는 미련이 남아 있었던 것 같으이. 소호의 집도 그냥 놔두었고, 에드워드 하이드의 옷도 없애지 않고 여전히 서재에 보관하고 있었으니까. 하지만 두 달 동안 나는 스스로에게 한 다짐을 충실하게 지켰네. 그 어느 때보다 절제된 생활을 하면서 양심이 내리는 상을 기꺼이 받아들였지. 하지만 시간이 지나면서 처음의 경계심은 희미해지고 양심의 칭찬도 당연하게 여기기 시작했네. 결국 나는 고통과 갈망에 시달리기 시작했네. 마치 내 안의 하이드가 자유를 달라고 몸부림치고 있는 듯했네. 그리고 마침내 정신력이 약해진 어느 순간 나는 다시 한번 변신의 약을 조제해 삼키고 말았지 뭔가.

술주정뱅이가 자신의 나쁜 버릇을 두고 이런저런 핑계를 댈 때, 술에 취해 난폭하고 무신경해진 육체가 저지를 수 있는 위험한 행동을 고려하는 법은 거의 없지. 나 역시 그랬네. 나의 상황을 모르는 바도 아니면서 에드워드 하이드의 주된 성격인 도덕 불감증과 비정한 마성을 충분히 고려하지 않았던 게지. 내가 벌을 받게 된 것은 바로 그 때문이었네. 오랫동안 내 안에 갇혀 있던 악마가 으르렁대며 뛰쳐나왔네. 약을 마시는 순간에도 나는 더한층 흉포하고 맹렬해진 마성을 의식할 수 있었지. 그런 사악한 충동이 내 영혼을 휘젓고 있었기에 나의 불행한 희생자가 정중하게 말을 걸었을 때 참지 못하고 분노를 폭발시켰다고밖에는 볼 수 없네. 아무리 생각해도 그것밖에는 달리 설명할 길이 없네. 하느님께 맹세코 정신이 온전한 사람이라면 그렇게 아무것도 아닌 자극에 그런 잔인무도한 범죄를 저지를 리가 없지 않은가. 아픈 아이가 짜증을 견디지 못하고 장난감을 부숴버리듯 나역시 제정신이 아닌 상태에서 지팡이를 휘둘렀던 걸세. 인간에게는 균형을 잡으려는 본능이 있기에 제아무리 악인 중의 악인이라고 해도 유혹 앞에서 웬만큼은 꿋꿋하게 견디기 마련일세. 하지만 나는 스스로 그런 본능을 남김없이 벗어버렸네. 그랬기에 아무리 사소한 경우라 할지라도 유혹을 받으면 받는 대로 그냥 빠질 수밖에 없었네.

순식간에 지옥의 악령이 내 안에서 깨어
나 날뛰었네. 나는 기뻐 어쩔 줄 몰라하며
아무 저항도 못하는 사람을 후려쳤고, 한 대
한 대 때릴 때마다 쾌재를 불렀지. 그런 광
란 상태가 한동안 이어졌네. 그러다 어느 순
간 갑자기 지치기 시작하면서 그제야 차가
운 공포의 전율이 가슴을 스치고 지나갔네.
안개가 걷히면서 내 인생은 이제 끝났다는
생각이 들더군. 나는 그 즉시 범죄 현장에서
도망쳤네. 한편으로는 사악한 욕망을 채워
기고만장했지만 또 한편으로는 살고 싶다는
생각이 그 어느 때보다 간절해지면서 두렵
기도 했네.

나는 소호의 집으로 달려가 (확실히 해두
기 위해) 서류를 모두 파기했네. 그리고 나
서 가로등이 켜진 거리로 나왔네. 내 마음은
여전히 극과 극을 달리고 있었네. 방금 저지
른 범죄를 흐뭇해하며 들뜬 마음으로 앞으
로 또 어떤 범죄를 저지를지 궁리하면서도

여전히 발길을 재촉하며 누가 쫓아오지는 않는지 귀를 곤두세웠지. 하이드는 노래를 흥얼거리며 약을 조제했고, 죽은 자를 위해 건배하고 약을 마셨네. 온몸을 찢어발기는 변신의 고통이 가라앉자마자 헨리 지킬은 감사와 후회의 눈물을 흘리며 무릎을 꿇고 엎드려 두 손 모아 하느님께 기도를 올렸네.

방종의 너울이 머리끝부터 발끝까지 찢겨 나가자 나는 내 삶 전체를 돌아보았네. 아버지의 손에 이끌려 걸음을 떼어놓던 어린 시절부터 스스로를 부정하는 노고도 마다 않고 의사로 살아온 삶을 지나 그날 밤의 끔찍한 사건을 거듭 떠올리고 또 떠올렸네. 그때마다 실감이 나지 않았네. 할 수만 있다면 큰 소리로 울부짖고 싶었네. 나는 눈물과 기도로 내 의지와 상관없이 자꾸만 되살아나는 무시무시한 장면과 소리들을 덮어버리려 했네. 하지만 기도하는 사이사이 내가 지은 사악한 죄는 흉측한 얼굴을 드러내고 내 영혼을 노려보고 있더군. 그런데 가슴을 후벼대는 후회가 가시기 시작하면서 희열이 찾아들었네. 내 행위의 문제가 해결되었기 때문일세. 이제부터 하이드는 없다. 내가 원하든 원치 않든 나는 이제 나의 더 나은 자아로 국한될 수밖에 없다. 아, 생각만 해도 얼마나 기쁘던지! 나는 더없이 겸허한 마음으로 자연스런 삶의 제약을 다시금 기꺼이 받아들였네. 그리고 진심으로 포기하는 뜻에서 그토록 자주 드나들던 문을 잠그고 열쇠를 짓밟아버렸네.

다음날 살인 현장을 목격한 사람이 있으며 희생자는 사회에서 크게 존경받는 인물이었다는 소식이 나돌면서 하이드의 죄가 세상에 널리 알려졌네. 사람들이 보기에 문제의 사건은 단순한 범죄가 아니라 미치광이 짓이었네. 사건이 알려져 차라리 잘됐다는 생각이 들었네. 교수형에 대한 두려움이 나의 선한 충동을 격려하고 지켜줄 테니까 말일세. 하이드가 잠시라도 고개를 내민다면 세상 사람 모두가 달려들어 그를 죽일 분위기 속에서 지킬은 이제 나의 은신처가 되었네.

나는 미래의 선행으로 과거의 죄를 씻기로 마음먹었네. 솔직히 이런 내 결심은 어느 정도 좋은 결실을 보았다고 말해도 좋네. 작년 겨울에 어려운 사람들을 돕는 일에 내가 얼마나 열심히 발 벗고 나섰는지 자네도 잘 알 걸세. 그렇게 다른 사람들을 위해 많은 일을 하는 가운데 시간은 조용히 흘러갔고, 그 정도면 거의 행복하다고 말할 수 있었네. 그런 너그럽고 순결한 생활이 싫지 않았네. 오히려 하루하루 그런 생활을 더욱더 즐겼다고 할까. 하지만 나는 나의 이중성 때문에 여전히 괴로워했네. 처음엔 날카로웠던 참회의 칼날이 점차 무뎌지면서, 오랫동안 방종의 늪에 빠져 있다 아주 최근에야 사슬에 묶인 나의 저열한 부분이 풀어달라고 아우성치기 시작했네. 그래도 하이드를 되살릴 생각은 꿈에도 하지 않았네. 그것은 생각만 해도 몸서리가 쳐지는 일이었으니까. 또다시 내 양심을 희롱해보고 싶은 유혹에 빠져든 원인은 바로 내 안에 있었네. 나 또한 원죄를 짊어지고 태어난 인간이었기에 결국 유혹의 공격 앞에 무릎을 꿇을 수밖에 없었지.

모든 일에는 끝이 있기 마련 아닌가. 빗방울이 하나하나 모이면 아무리 큰 그릇도 결국엔 채워지기 마련일세. 잠시잠깐 악의 나락에 굴러 떨어졌던 것이 그만 내 영혼의 균형을 무너뜨리고 말았지. 그런데도 나는 정신을 차리지 못했네. 그 정도의 타락쯤은 약을 발견하기 이전의 옛날로 돌아간 것처럼 자연스러워 보였기 때문일세.

1월의 어느 쾌청한 날, 얼음이 녹으면서 발밑이 질척거렸지만 하늘엔 구름 한 점 없었네. 리젠트 공원은 겨울새가 지저귀는 소리와 달콤한 봄 내음으로 가득했지. 나는 벤치에 앉아 햇볕을 쬐고 있었네. 내 안의 짐승이 옛날 기억을 떠올리며 입맛을 다시는데도 내 정신은 나중에 얼마나 후회하게 될지도 모르고 꾸벅꾸벅 졸면서 깨어날 기미를 보이지 않았네. 어쨌든 나도 남들과 다를 바 없다는 생각이 들었지. 그러고 나서 스스로를 남들과 비교하며, 나의 활발한 선행을 남들의 무신경하고 게으른 잔인함과 비교하며 슬며시 미소지었네. 그런 교만한 생각에 빠진 바로 그 순간 갑자기 현기증이 일면서 구역질이 심하게 나더니 몸이 무섭게 떨리더군. 그런 증상은 곧 가라앉았지만 나는 기절하고 말았네. 그러고 나서 다시 정신을 차려보니 성격이 바뀐 듯했네. 전보다 대담해진 가운데 위험을 아랑곳하지 않았고 책임감이라는 속박에서도 벗어나 있었네. 나는 밑을 내려다보았네. 옷이 줄어든 팔다리에 볼썽사납게 걸려 있었고, 무릎 위에 놓인 손은 힘줄이 툭

툭 불거져 나온 데다 털이 수북했네. 어느새 다시 에드워드 하이드가 되어 있었던 게지. 방금 전까지만 해도 부자에다 세인의 존경과 사랑을 한 몸에 받는 사람이었는데 말일세. 내 집 식탁에는 나를 위해 식사도 준비되어 있었을 텐데 말일세. 그런데 이제 세상 사람의 공적이 되어 집도 없이 쫓기면서 언제 교수형을 당할지 모르는 천하의 살인자로 전락했지 뭔가.

판단력이 흔들렸지만 그래도 나를 완전히 저버리지는 않더군. 내가 여러 번 관찰한 바에 따르면 나의 이 두번째 자아는 지성도 예리하고 정신력도 더 강한 듯했네. 그래서인지 지킬이라면 아마 십중팔구 굴복했을 테지만 하이드는 그 중요한 순간에 벌떡 일어나더군. 약은 서재 유리장에 있었네. 어떻게 하면 손에 넣을 수 있을까? 그것이 (두 손으로 관자놀이를 눌러가며) 내가 풀어야 할 숙제였네. 실험실 문은 내 손으로 막아버린 뒤였네. 그렇다고 집을 통해 들어갈 수도 없고 말일세. 그랬다간 하인들이 나를 교수대로 넘길 게 분명했으니까. 다른 사람의 손을 빌려야만 했네. 래니언이 떠오르더군. 어떻게 연락을 취하지? 또 설득은 어떻게 하고? 거리에서 잡히지 않는다 하더라도 무슨 수로 그의 집까지 간단 말인가? 그리고 설령 집까지 무사히 간다 처도 낯도 설고 인상도 험악한 방문객이 저명한 의사를 어떻게 설득해 동료인 지킬 박사의 서재를 뒤지게 한단 말인가? 순간 내 원래의 자아 중 한 부분이 아직도 남아 있다는 데 퍼뜩 생각이 미쳤네. 지킬의 필적으로 편지를 쓰자, 이처럼 번득이는 계획이 떠오르고 나자 그

다음에 가야 할 길이 처음부터 끝까지 훤히 보이더군.

나는 그 즉시 옷매무시를 최대한 가다듬은 다음 지나가는 마차를 불러 타고 생각나는 대로 포틀랜드 가의 한 호텔 이름을 댔네. 내 모습을 보고 (아무리 비참한 운명을 감싸고 있다 해도 옷차림 자체는 정말 우스꽝스러웠으므로) 마부는 웃음을 숨기지 못하더군. 내가 불같이 화를 내며 이를 갈자 마부의 얼굴에선 이내 웃음기가 싹 가셨네. 그로서는 다행한 일이었고 나로서는 더욱더 다행한 일이었네. 조금만 더 웃었어도 그를 마차에서 끌어내리고 말았을 테니까.

호텔에 도착해서는 안으로 들어가며 험상궂은 표정으로 주변을 둘러보자 종업원들이 겁을 집어먹고 벌벌 떨더군. 내 앞에서는 눈 한 번 제대로 마주치지 못한 채 내 지시에 고분고분 따랐고, 방으로 안내해 필기 도구를 갖다주었네. 생명의 위험에 처한 하이드는 내겐 너무 낯선 존재였네. 분노에 겨워 치를 떨어대면서 남을 괴롭히고 싶어 안달하는 모습이 금세 살인이라도 저지를 기세였네. 그러면서도 교활하더군. 엄청난 의지와 노력으로 분노를 억누르며 두 통의 중요한 편지를 썼으니까. 한 통은 래니언에게, 또 한 통은 풀에게 보내는 편지였네. 그리고 편지가 제대로 보내졌는지 확인할 수 있게 등기로 보내라는 지시도 내렸네.

그리고 나서는 하루 종일 호텔 방 난로 옆에 앉아 손톱을 물어뜯으며 지냈네. 저녁은 두려움에 떨며 혼자 방에 앉아 해결했네. 종업원은 잔뜩 주눅

이 들어 벌벌 떨더군. 그리고 밤이 깊어지자 그는 문이 꼭꼭 닫힌 마차 한 구석에 앉아 런던 거리를 이리저리 쏘다녔네. 그렇네, 차마 나라고는 말하지 못하겠기에 그라는 호칭을 사용했네. 그 악마의 자식에겐 인간다운 구석이 털끝만큼도 없었네. 그의 내부에는 공포와 증오 외엔 아무것도 살지 않았네. 마침내 마부가 의심을 품기 시작하는 것 같자 그는 마차에서 내려 걷기 시작했네. 몸에 맞지 않는 옷을 걸치고 있어 밤인데도 유난히 눈에 띄더군. 밤거리의 행인들 틈에서 걷고 있자니 공포와 증오라는 두 가지 격렬한 감정이 그의 내부에서 폭풍우처럼 사납게 휘몰아쳤네. 그는 두려움에 쫓겨 혼자 주절거리며 걸음을 재촉했네. 남의 눈을 피해 인적이 뜸한 길만 골라 다니며 자정까지 얼마나 남았는지 계산해보았지만 아직도 꽤 남아 있었네. 한번은 어떤 여자가 성냥갑 같은 것을 건네며 말을 걸었는데 그가 여자의 얼굴을 냅다 후려갈기자 혼비백산해서 달아나버리더군.

래니언의 집에서 본래의 나로 돌아왔을 때 나의 옛 친구가 보인 공포에 나도 얼마쯤 놀랐던 듯하지만 확실치는 않네. 하지만 지난 시간들을 되돌아보며 내가 느낀 혐오감에 비하면 그 친구의 공포는 망망대해의 물 한 방울에 지나지 않았네.

나는 달라져 있었네. 이제 더이상 교수대는 두렵지 않았네. 나를 괴롭히는 것은 하이드로 변하는 것에 대한 두려움이었지. 꿈인지 생시인지 모를 아득한 상태에서 래니언의 비난을 듣고 나서 역시 그 상태로 집으로 돌아와 잠자리에 들었네. 그날의 심한 피로로 나를 짓누르는 악몽조차 깨우지 못할 만큼 나는 깊은 잠에 곯아떨어졌네. 아침에 일어나자 기운은 없었지만 기분은 상쾌했네. 내 안에 잠들어 있는 짐승을 생각하니 여전히 혐오스럽고 두려웠네. 물론 전날의 그 끔찍한 위험도 생생하게 되살아났지. 하지만 나는 다시 내 집에 돌아와 있었고, 약도 가까이에 있었네. 위험에서 벗어난 데 대한 감사의 마음이 내 영혼 안에서 어찌나 밝게 빛나던지 희망의 빛이 무색할 정도였네.

아침을 먹고 나서 한가로이 마당을 거닐며 차가운 아침 공기를 기분 좋게 들이마시고 있을 때였네. 그런데 변신을 예고하는 설명할 수 없는 느낌이 또다시 나를 사로잡지 뭔가. 부리나케 서재로 피신하기가 무섭게 나는 다시 한번 하이드의 격정으로 날뛰며 공포에 떨었네. 이번에는 약의 양을 두 배로 늘리고서야 나 자신으로 돌아올 수 있었지. 그런데 여섯 시간 후 처량하게 난롯불을 바라보고 있으려니 그 고통이 다시 시작되어 또 약을 먹지 않으면 안 되었네.

간단히 말해 그날 이후부터 체조를 할 때처럼 굉장한 노력을 들여야만, 그리고 약의 힘에 의지해야만 지킬의 모습을 유지할 수가 있었네. 밤이나 낮이나 전조 증상인 경련에 시달렸고, 무엇보다도 잠이 들거나 의자에 앉아 깜빡 졸다 깨어나보면 어김없이 하이드가 되어 있었네.

이처럼 쉴 새 없이 몰아치는 운명의 긴장과 스스로 부과한 형벌이긴 하지만 인간에게 가능하다고 생각했던 정도를 훨씬 넘어선 불면에 시달리다 보니, 본래의 나로 있을 때조차 극도의 신경 과민으로 기운이 모두 빠져나가 몸과 마음이 허약해질 대로 허약해진 괴물 아닌 괴물이 되고 말았네. 그런 상태에서 드는 생각은 오로지 하나, 또 다른 나의 자아에 대한 공포밖에 없었네. 그러다 잠이 들거나 약 기운이 떨어지면 변신 과정 없이 거의 곧장 (변신의 고통이 날로 줄어들었기 때문에) 무서운 환영과 이유 없는 증오로 들끓는 영혼, 넘치는 삶의 활력을 주체하기에는 역부족인 듯한 육체에 점령당했네.

지킬이 쇠약해질수록 하이드의 힘은 점점 강해지는 듯했네. 그리고 그 둘을 갈라놓는 증오는 이제 양쪽이 똑같았네. 지킬의 경우 그 증오는 생존 본능과도 같은 것이었네. 지킬은 이제 자신과 의식 현상 일부를 공유하면서 죽음도 같이할 하이드의 단점을 속속들이 꿰뚫고 있었네. 그의 고뇌 가운데 가장 뼈아픈 부분인 이러한 공존 관계를 떠나 그가 생각하기에 하이드는 넘치는 생명력에도 불구하고 어딘지 지옥 같은 분위기를 풍길 뿐만 아니라 유기체가 아닌 듯했네. 끔찍한 일이었지. 마치 지옥의 흙덩이가 울부짖으며 중얼대는 듯했네. 형체도 없는 티끌이 손짓 발짓을 하며 죄를 짓는 듯했네. 죽은 것이, 형체도 없는 것이 생명의 자리를 빼앗으려 하다니 어찌 끔찍하지 않겠나. 더구나 반란을 꾀하는 그 공포는 아내보다 더 가까이, 눈보다 더 가까이 그와 엮여 있었네. 그의 육체 안에 갇힌 그 괴물이 중얼거리는 소리가 들렸고, 밖으로 나오려고 발버둥치는 게 느껴졌지. 그 괴물은 *그가* 약해지는 순간마다, 잠들 때마다 그를 공략해 그의 생명을 앗아 갔네.

하이드가 지킬에게 품은 증오는 종류가 달랐네. 교수대에 대한 두려움 때문에 그는 끊임없이 자살을 시도했고, 그때마다 온전한 한 인간이 아니라 그 일부일 뿐인 종의 위치로 돌아가야 했네. 당연히 그는 그럴 수밖에 없는 상황을 싫어했고, 지킬의 축 처진 상태에 넌더리를 냈으며, 자신이 미움을 받는다는 사실에 격분했네. 그래서 하이드는 내 손으로 책에다 불경스런 글을 휘갈겨 쓰게 한다든지, 편지를 태워 없애게 한다든지, 아버지의 초상화를 부수게 한다든지 하는 치사하고 교묘한 방법으로 날 괴롭히곤 했네.

죽음에 대한 두려움만 없었다면 그는 나를 파멸로 이끌기 위해 이미 오래전에 자신을 파멸시켰을 걸세. 하지만 생에 대한 그의 애착은 가히 놀라울 정도일세. 좀더 자세히 얘기하자면 그를 생각하기만 해도 욕지기가 올라오고 소름이 끼치지만 비굴하리만큼 강한 그 집착을 생각하면, 그와의 연결 고리를 끊기 위해 내가 자살이라도 할까봐 얼마나 전전긍긍하는지를 생각하면 그가 불쌍한 마음이 들기도 한다네.

이 이상 더 설명을 늘어놓아봐야 무슨 소용이 있겠나. 또 그럴 시간도 없네. 어느 누구도 이런 지독한 고통을 겪은 사람은 없다는 말로 족하지 않을까 싶군. 그런데 이런 고통에도 말일세, 하도 이골이 나다보니 영혼에 일종의 굳은살 같은 게 박이면서 내 상태가 그럭저럭 받아들여지지 뭔가. 그렇다고 고통이 줄어들었다는 얘기는 절대 아닐세. 어쨌든 그 때문에 나의 원래 얼굴과 본성으로부터 나를 영원히 떼어놓은 마지막 재앙이 닥치지 않았다면 내가 받는 이 형벌이 몇 년 더 계속되었을지도 모르네.

첫 실험 이후 한 번도 채워넣지 않은 염류 재고량이 바닥을 보이기 시작했네. 나는 사람을 시켜 새로 염류를 들여와 약을 조제했지. 부글부글 끓어오르면서 처음에는 색이 변하더니 더이상 아무 변화가 없었네. 약을 마셨지만 아무 효력이 없었네. 풀에게 물어보면 알 걸세, 내가 온 런던을 구석구석까지 얼마나 샅샅이 뒤졌는지. 하지만 헛수고였네. 지금 생각해보니 내가 처음에 구입한 염류는 불순물이 섞여 있었고, 약이 효과가 있었던 것은 바로 그 알 수 없는 불순 성분 때문이 아니었나 싶네.

이제 일주일가량 지났고, 나는 마지막 남은 그 가루약의 힘을 빌려 이 글을 마무리하고 있네. 기적이라도 일어난다면 모를까, 그렇지 않은 한 지금 이 순간이 헨리 지킬이 자신의 머리로 생각하고 자신의 얼굴(슬프게도 너무나 많이 변해버렸지만!)을 거울에 비춰볼 수 있는 마지막 기회일세. 너무 오래 지체하다 이 글을 끝내지 못할까봐 불안하네. 나의 글이 지금까지 파손을 면할 수 있었던 것은 세심한 주의를 기울인 덕분이고 크나큰 운이 따랐기 때문일세. 글을 쓰는 중에 변신의 고통이 찾아온다면 하이드가 종이를 발기발기 찢어버리고 말 걸세. 하지만 내가 이 글을 잘 갈무리하고 나서 웬만큼 시간이 흘러준다면, 그의 굉장한 이기심과 순간에만 집중하는 사고 습관을 고려할 때 어쩌면 이 글은 그의 잔인한 행동으로부터 또 한 번 구제를 받을지도 모르겠네.

시시각각 우리 둘에게 다가오고 있는 운명이 벌써 그를 변화시키기 시작했네. 지금으로부터 반 시간 후 나는 또다시, 그리고 영원히 저 저주스러운 인격으로 변해 있을 걸세. 그때 나는 아마 의자에 앉아 몸을 떨며 흐느끼겠지. 아니면 극도의 긴장과 두려움에 사로잡혀 이 방(지상에서의 나의 마지막 피난처)을 끊임없이 왔다갔다 서성이며 혹시라도 무슨 소리가 나진 않는지 귀를 곤두세우겠지.

하이드가 교수대 위에서 죽을지, 아니면 마지막 순간에 스스로를 놓아줄 용기를 찾을지는 나도 알 수 없네. 하느님은 아시겠지. 어찌 되든 나는 상관 않네. 지금이 내 진정한 죽음의 시간이며, 앞으로 일어나는 일은 내가 알 바 아니므로. 이제 펜을 내려놓고 내 이 고백의 글을 봉하려 하네. 그러고 나면 저 불행한 헨리 지킬의 삶도 끝나겠지.

로버트 루이스 스티븐슨 연보

1850   스코틀랜드 에든버러에서 출생.

1867   등대 기사인 아버지의 뒤를 잇기 위해 에든버러대학교 공학과에 입학. 그러나
       적성에 맞지 않아 4년 뒤 법학과로 전과.

1873   심한 호흡기 질환으로 프랑스로 요양을 떠남. 이 시기의 여행 경험을 바탕으로
       훗날 『내륙 여행』 등의 여행기와 수필을 집필.

1875   변호사 자격 취득.

1879   프랑스에서 만난 열한 살 연상의 미국 여성 오즈번 부인과 사랑에 빠져, 부모의
       반대를 무릅쓰고 미국 캘리포니아로 향함.

1880   미국에서 오즈번 부인과 결혼식을 올린 후, 가족과 함께 귀국.

1883   〈영 포크스〉지에 2년간 연재하던 『보물섬』을 완성해 출간. 연재 당시에는 주목
       을 받지 못했으나, 단행본으로 출간되자 비평가와 독자들에게 호평을 받음.

1886   『지킬 박사와 하이드 씨』 발표. 이 작품은 출간 6개월 만에 4만 부가 팔리며 큰
       인기를 끌었다. 같은 해 역사 모험 소설 『유괴』 출간.

1888   건강 회복을 위해 남태평양의 여러 섬으로 여행을 떠나기 시작.

1889   『발란트래 경』 발표.

1890   남태평양 사모아섬에 저택을 구입, 그곳에 정착해 창작 활동을 계속함.

1894   『허미스튼의 둑』을 집필하던 중 뇌출혈로 쓰러져 12월 3일 마흔다섯 살의 나이
       로 사망.

선과 악, 천사와 악마, 빛과 그림자는 완전히 별개로 존재할 뿐 서로 절대 어울릴 수 없는 대상일까? 『보물섬』으로 더욱 잘 알려진 영국 작가 로버트 루이스 스티븐슨(1850~1894)은 『지킬 박사와 하이드 씨』라는 소설을 통해 그 질문을 던진다.

『보물섬』도 그렇고 『지킬 박사와 하이드 씨』도 그렇고 두 작품 모두 적어도 제목만큼은 모르는 사람이 없을 정도로 매우 유명하지만 같은 작가가 썼다는 사실을 아는 이는 드물 것이다. 사실 나조차도 번역을 의뢰받기 전에는 그 사실을 까맣게 모르고 있었다. 그만큼 두 작품을 관통하는 분위기와 문체가 판이하기 때문이다. 하지만 『보물섬』에서 피도 눈물도 없는 악인의 전형으로 등장하는 해적 실버 선장은 이미 '순수한 악 자체'인 하이드의 출현을 예고하고 있었는지도 모른다.

하이드는 난쟁이처럼 왜소한 체격과 어딘지 기형 같다는 인상에 보는 것만으로도 머리털이 쭈뼛 곤두설 만큼 섬뜩하고 역겨워 그를 한번 본 사람은 그 기괴한 느낌을 지울 수가 없다. 한마디로 악을 눈으로 볼 수 있다면 바로 그런 모습을 하고 있을 듯하다. 반면 지킬은 사람 좋아 보이는 인상과 넉넉한 풍채에 학식과 덕망이 높은 외과 의사로 만인의 존경을 받는다. 한마디로 선을 대표한다고 볼 수 있다.

그 둘 사이에 변호사 어터슨이 있다. 그는 지킬의 친구이자 전속 변호사로 소설을 시종일관 이끌어가는 화자다. 어터슨은 지극히 무뚝뚝하고 지루한 성격에 변호사라는 직업답게 사물을 '객관성'이라는 기준과 '납득 가능한가'라는 기준에 비추어 판단한다. 작가는 이러한 어터슨의 눈과 귀와 입을 빌려 소설 곳곳에 서로 대비되는 양면 구도를 배치함으로써 극과 극의 주제, 극과 극인 두 주인공의 운명을 과장의 느낌이 전혀 없이 자연스럽게 뒷받침한다.

예를 들어 지킬의 저택이 그렇다. 대문으로 들어서면 지킬의 인격을 대변하듯 우아하면서 푸근하고 따스한 실내가 나오지만 골목을 돌아 뒷문으로 들어가면 하이드만큼 기괴하고 음침한 분위기를 풍기는 실험실이 자리하고 있다. 바로 이 실험실에서 지킬은 이른바 '변신 약'을 조제해 들이켜고 밤거리로 나가 온갖 악행을 저지른다.

그다음에는 불길한 생각 때문에 자꾸만 불안에 빠져들려는 어터슨에게 위안을 선물하는 해묵은 포도주, 지킬에게 '뼈가 으스러지는 듯한 격통과 지독한 구역질에 이어 태어나거나 죽음을 맞이하는 순간보다 더하면 더했지 덜하지 않을 것 같은 영혼의 공포'를 안겨주는 변신 약이 있다. 특히 포도주와 관련한 대목에서 작가는 자신의 뛰어난 표현 역량을 유감없이 발휘한다. 마치 한 편의 시를 연상케 한다. 잠시 살펴보자.

방 안은 난롯불 덕분에 아늑했다. 포도주의 신맛은 오래전에 가시고 없었다. 황제의 색이라는 그 빛깔은 창문의 색유리가 갈수록 깊은 색을 띠듯 세월과 함께 그윽해져 있었다. 비탈진 언덕의 포도밭에 내리쬐던 한여름 오후의 뜨거운 햇살이 오랜 밀봉 상태에서 풀려나 런던의 안개를 흩어놓을 채비를 갖추었다. 변호사는 자기도 모르는 사이에 마음이 누그러졌다. (55쪽)

이렇듯 작가는 서로 대비되면서도 자연스럽게 섞여드는 양면 구도와 적확하고도 풍부한 표현력을 통해 선과 악이라는 주제를 밖에서부터 안으로 좁혀 들어가는 동심원처럼 군더더기 없이 그려 나간다.

당연히 짐작하겠지만 결국 파국이 닥치고, 지킬의 인성은 하이드에게 완전히 잠식당하고 만다. 하지만 작가는 여기서 끝내지 않는다. 하이드에게도 일말의 양심이 남아 있었는지, 아니면 서로 이쪽에서 저쪽으로 변신

하는 과정에서 지킬의 어떤 부분을 공유하게 되었는지는 모르겠지만, 영원히 사라지기 직전 지킬의 인성이 바라던 대로 하이드는 자살로 생을 마감한다.

그렇다면 작가는 인간 안에 존재하는 선과 악은 서로 별개가 아니라 야누스처럼 양면성을 지닌다고 말하고 싶었던 게 아닐까? 선과 악에 관한 한은 아마도 진리 추구를 포기하지 않되 섣부른 결론을 유보했던 회의주의의 입장을 취해야 할 듯하다.

철학의 역사만큼이나 오래된 주제가 다소 진부할 수 있겠지만, 이 책을 읽으면서 또각또각 말발굽 소리를 울리며 안개 자욱한 빅토리아 시대의 런던 밤거리를 달리는 마차의 뒤를 좇아 작가가 여기저기에 숨겨놓은 비유와 암시들을 찾아보는 재미도 쏠쏠하지 않을까 싶다.

2009년 2월

강미경

옮긴이 **강미경**

이화여자대학교 영어교육학과를 졸업했다. 전문 번역가로 활동중이다. 옮긴 책으로『톰 소여의 모험』
『검은 고양이』『작가 수업』『작은 아씨들』등이 있다.

문학동네 세계문학

지킬 박사와 하이드 씨

1판 1쇄 2009년 3월 6일 | 1판 8쇄 2023년 7월 21일

지은이 로버트 루이스 스티븐슨 | 그린이 마우로 카시올리 | 옮긴이 강미경
책임편집 이은현 오동규 | 저작권 박지영 형소진 최은진 서연주 오서영
마케팅 정민호 한민아 이민경 안남영 김수현 왕지경 황승현 김혜원
브랜딩 함유지 함근아 박민재 김희숙 고보미 정승민
제작 강신은 김동욱 이순호 | 제작처 영신사

펴낸곳 (주)문학동네 | 펴낸이 김소영
출판등록 1993년 10월 22일 제2003-000045호
주소 10881 경기도 파주시 회동길 210
전자우편 editor@munhak.com | 대표전화 031) 955-8888 | 팩스 031) 955-8855
문의전화 031) 955-1927(마케팅) 031) 955-8861(편집)
문학동네카페 http://cafe.naver.com/mhdn
인스타그램 @munhakdongne | 트위터 @munhakdongne
북클럽문학동네 http://bookclubmunhak.com

ISBN 978-89-546-0771-1 03840

잘못된 책은 구입하신 서점에서 교환해드립니다.
기타 교환 문의 031) 955-2661, 3580

www.munhak.com

변신

프란츠 카프카 소설 | 루이스 스카파티 그림 | 이재황 옮김

현대문학의 신화가 된 카프카의 불멸의 단편! 모든 것이 불확실하고 출구를 찾을 수 없는 현대인의 삶 속에서 인간에게 주어진 불안한 의식과 구원에의 꿈 등을 명료한 언어로 아름답게 형상화했다.

파우스트

요한 볼프강 폰 괴테 지음 | 외젠 들라크루아, 막스 베크만 그림 | 이인웅 옮김

괴테가 육십여 년에 걸쳐 쓴 필생의 대작이자 독일문학 최고의 걸작으로 일컬어지는 영원불멸의 고전. 지식과 학문에 절망한 노학자 파우스트 박사의 미망(迷妄)과 구원의 장구한 노정.

지킬 박사와 하이드 씨

로버트 루이스 스티븐슨 소설 | 마우로 카시올리 그림 | 강미경 옮김

『보물섬』의 작가 로버트 루이스 스티븐슨이 인간의 마음속에 공존하는 선과 악의 대립에 대해 심오한 질문을 던진다. 명망 높은 과학자 헨리 지킬 박사와 흉악범 에드워드 하이드, 두 사람의 미스터리한 이야기.

검은 고양이

에드거 앨런 포 소설 | 루이스 스카파티 그림 | 강미경 옮김

비운의 천재 작가 에드거 앨런 포의 공포 단편선. 인간의 비이성적인 광기와 분노를 그린 「검은 고양이」, 서서히 죽음을 "맛보는" 고통 「나락과 진자」, 산 채로 매장당한 자의 생생한 경험담 「때 이른 매장」 수록.

필경사 바틀비

허먼 멜빌 소설 | 하비에르 사발라 그림 | 공진호 옮김

"안 하는 편을 택하겠습니다." 삭막한 월 스트리트에서 안락하게 살아온 한 변호사 앞에 기이한 필경사 바틀비가 등장하고, 이 필경사가 던진 한마디가 월 스트리트의 철벽에 균열을 일으키기 시작하는데…… 세계문학사 최고의 단편.

외투

니콜라이 고골 소설 | 노에미 비야무사 그림 | 이항재 옮김

보잘것없는 9급 문관 아카키 아카키예비치의 인생에 어느 날 새로운 외투가 나타난다. 하지만 새 외투를 처음 입은 날, 그는 강도를 만나 외투를 빼앗기고 마는데…… 비판적 리얼리즘의 대가 고골이 그린 러시아 문학의 정수!

바베트의 만찬

이자크 디네센 소설 | 노에미 비야무사 그림 | 추미옥 옮김

노르웨이 작은 마을의 노자매 앞에 어느 날 신비로운 여인 바베트가 나타난다. 프랑스 제일의 요리사 바베트는 자매를 위해 특별한 만찬을 차려내는데…… 20세기 최고의 이야기꾼 이자크 디네센의 대표 단편.

밤: 악몽

기 드 모파상 소설 | 토뇨 베나비데스 그림 | 송의경 옮김

19세기 세계문학사에서 3대 단편작가로 꼽히는 모파상. 그가 그려내는 어둠에 대한 동경과 공포. 파리 시가지의 밤 풍경, 현실과 비현실을 넘나드는 주인공의 의식을 통해 환상적이고 광기어린 분위기를 담아냈다.

장화 신은 고양이

샤를 페로 소설 | 하비에르 사발라 그림 | 송의경 옮김

프랑스 아동문학의 아버지 샤를 페로의 고양이 이야기. 가난한 방앗간 주인의 막내 아들은 유산으로 달랑 고양이 한 마리를 받고, 고양이는 천연덕스럽게 장화를 신고 자루를 목에 걸고는 사냥을 나서는데……

개를 데리고 다니는 여인

안톤 체호프 소설 | 하비에르 사발라 그림 | 이현우 옮김

"제대로 살아보고 싶었어요!" 남에게 보여주기 위한 삶, 자신에게도 솔직하지 못한 삶, 그 안에 숨은 열정, 그리고 시작되는 사랑…… 로쟈 이현우의 러시아어 원전 번역으로 만나는 체호프 단편소설의 정점.

아담과 이브의 일기

마크 트웨인 소설 | 프란시스코 멜렌데스 그림 | 김송현정 옮김

미국문학의 아버지 마크 트웨인이 그려낸 인류 최초의 러브스토리. '이 세상'에 도착한 최초의 여행자 아담과 이브. 게으르고 저속하며 아둔한 '그'와, 쉴새없이 재잘대고 엉뚱한 짓을 저지르는 '그녀'가 새로운 '우리'로 거듭나기까지.